# SHERWOOD ANDERSON

**舍伍德·安德森**
作品集

# 林中之死

DEATH IN THE WOODS

〔美〕舍伍德·安德森 著

林晓筱 译

人民文学出版社
PEOPLE'S LITERATURE PUBLISHING HOUSE

**图书在版编目(CIP)数据**

林中之死/(美)舍伍德·安德森著;林晓筱译. —北京:
人民文学出版社,2021
(舍伍德·安德森作品集)
ISBN 978-7-02-016366-3

Ⅰ.①林… Ⅱ.①舍… ②林… Ⅲ.①短篇小说-小
说集-美国-现代 Ⅳ.①I712.45

中国版本图书馆 CIP 数据核字(2021)第 058824 号


责任编辑　卜艳冰　李　翔
封面设计　钱　珺


出版发行　**人民文学出版社**
社　　址　北京市朝内大街 166 号
邮政编码　**100705**

印　　刷　山东新华印务有限公司
经　　销　全国新华书店等

开　　本　**890 毫米×1240 毫米　1/32**
印　　张　**7.375**
字　　数　**120 千字**
版　　次　**2021 年 9 月北京第 1 版**
印　　次　**2021 年 9 月第 1 次印刷**

书　　号　**978-7-02-016366-3**
定　　价　**49.00 元**

如有印装质量问题,请与本社图书销售中心调换。电话:010－65233595

# 目 录

林中之死　　　　　　　　　1

回乡　　　　　　　　　　　20

她在那儿——她在洗澡　　　45

消失的小说　　　　　　　　64

打斗　　　　　　　　　　　73

宛若女王　　　　　　　　　86

世故　　　　　　　　　　　98

在陌生小镇　　　　　　　109

山里人　　　　　　　　　124

感伤之旅　　　　　　　　135

一起陪审案件　　　　　　145

续弦之妻　　　　　　　　156

一次南方的聚会　　　　　171

人潮　　　　　　　　　　188

他们为何结婚　　　　　　200

兄弟之死　　　　　　　　209

# 林中之死

　　她是一个老妇人，住在我居住的镇子边的一个农场里。村子和镇上的所有人都见过类似的老妇人，但没人真正了解她们。就是这样一个老妇人，有时会骑一匹疲惫不堪的马来镇子上，有时则挎着篮子走路来。她或许养了几只鸡，因此会带一些鸡蛋来卖。她把鸡蛋放在篮子里，然后带去杂货店。她在那里用鸡蛋换东西。她会换一些咸猪肉和豆子，再换一两磅糖和一些面粉。

　　随后，她会去肉店要一些给狗吃的碎肉。她会花上十或十五美分，但要掏钱的话，总会要点儿添头。以前只要有人要，肉铺老板就会把牛肝给他们。我们家就总吃这玩意儿。有一次我一个兄弟在镇上游乐场边上的屠宰场里搞到一整块牛肝。后来我们就一直吃那玩意儿吃到腻。牛肝没花一分钱，但自那以后，我一想到牛肝就想吐。

　　那位农场来的老妇人要了一些牛肝和汤骨。她从不去拜访任何人，一旦得到她想要的东西就匆匆往回赶。对这样一副老身子骨来说，这些东西背起来可不算轻。也没人来帮她扛一下。在路上驾车驶过的人从不会对那样的老妇人投去一瞥。

就是这样一个老妇人，曾在那一年的夏天和秋天数次打我们家门前路过，我那时还小，得了一种叫风湿性关节炎的病。她完事儿后就会扛着一个沉重的包裹回家。身后跟着两三条瘦骨嶙峋的狗。

这个老妇人没什么特别的。她是鲜有人知的无名之辈，却勾起了我的思绪。这么些年过去后，我此刻突然想起了她和那些事儿。那是一段往事。她叫格兰姆斯，与丈夫和儿子住在距镇子四英里[1]外小河边的一间没有粉刷过的小屋子里。

丈夫和儿子都是无赖。尽管儿子只有二十一岁，但已经坐过一回牢了。私下里有人说女人的丈夫是偷马贼，把偷来的马赶到别的村子去卖。时不时就会有人丢马，那个男人也会跟着消失。没人逮到过他。有一次我在汤姆·怀特海德的马厩边闲逛时，那个男人走了过来，坐在前门的板凳上。那

---

1　英美制长度单位，1英里合 1.6093 公里。

里还有两三个男人，但没人和他说话。他坐了几分钟，随后起身走开了。他离开时，转过头来盯着那几个男人看。他的双眼流露出蔑视的眼神。"好吧，我已经尽量对你们客气了。你们却不愿意搭理我。无论我去镇子上什么地方都这样。如果哪一天你们当中有谁的好马丢了，那可不要怪我。"他其实什么也没说。"我真想给你们来个嘴巴子"，这是他眼神里流露出的话。我记得正是他流露出的眼神让我直打哆嗦。

她老伴儿家里曾经也有些钱。他叫杰克·格兰姆斯。现在回想起来，一切都清楚了。他的父亲叫约翰·格兰姆斯，在村子刚建成时曾经营过一家锯木厂，赚了点儿钱。随后他喝酒，玩女人。等他去世的时候，钱也所剩无几了。

杰克把剩下的钱败光了。没过多久，没有木头可锯了，地也差不多卖光了。

他的老婆是从一个德国农场主那儿抢来的，他曾在六月收小麦的日子给那位农场主干活。她那时还年轻，害怕死亡。你们明白吧，那个农场主和那个姑娘有事儿——我觉得，她就是个雇佣女，而他妻子对她早有疑心。这个男人不在时，妻子就拿这个女孩出气。后来，当妻子去镇上添置家用物件时，农场主就纠缠这个女孩。女孩告诉杰克说，其实什么都没发生，但杰克半信半疑。

他第一次和她外出时就搞定了她。若不是德国农场主让他滚蛋的话，他是不会娶她的。在农场打谷子的那天晚上，他让她一起坐在马车上，后来说下个周日的晚上还来找她。

她本打算趁雇主没发现就离开这所房子，但她钻进马车时，雇主现身了。天几乎全黑了，但他就那么突然地出现在了马头前。他一把用缰绳拉住马，随后杰克拿出了他的赶车鞭。

他们把一切都挑明了！德国人是个狠角色。也许他并不在乎他妻子是否知道。杰克用赶车鞭打到了他脸上和肩膀上，不料马受了惊，他不得不从车上下来。

随后两个男人扭打在一起。那个女孩没有看到打斗的场景。马奔跑起来，沿路奔袭了近一英里，女孩才把它勒住。随后她打算把它绑在路边的一棵树上。（我不知道自己是怎么知道这些的，这一定是我小时候听小镇上的故事时就印在脑子里的。）杰克搞定那位德国人之后，在路旁找到了她。她在马车的座位上缩成一团，哭喊着，怕得要死。她对杰克说起很多事，说那个德国人是如何企图得到她，有一次是如何把她逼进谷仓，另一次又是如何在他俩在屋里独处时一把把她的裙子从正面撕开的。她说，要不是那个德国人听到他老婆进门的话，那一次说不定就得逞了。他妻子那天刚好去镇上添置家用物件。这么说吧，她本打算在谷仓里安顿马匹。德国人原本打算趁他妻子没看到，溜到田里去。他告诉女孩说，要是她说出去就宰了她。她能怎么办？在他妻子来谷仓喂马时，她对自己被撕开的裙子撒了谎。我现在记得，她是一个雇佣女，而且不知道她的父亲和母亲在哪里。也许，她根本就没有父亲。你们懂我的意思。

像她这样被雇佣的孩子通常会饱受折磨。这样的孩子没有父母，就跟奴隶差不多。那时还没有孤儿所。他们会被合法地限制在一些人家里，纯靠运气才能脱身。

二

她嫁给了杰克，随后生了一儿一女，但女儿死了。

她后来留了下来喂牲口。那是她的活儿。在德国人家里时，她给德国人和他妻子做饭。德国人的妻子是个悍妇，屁股浑圆，大多数时候和丈夫一起在地里干活。她给他们做饭，饲养畜棚里的牛，还给猪、马和鸡喂食。姑娘家家就每天无时无刻在喂食。

她嫁给了杰克·格兰姆斯之后，他也得靠她喂养。她身体瘦弱，在嫁给他三四年并生下两个孩子后，瘦弱的肩膀就耷拉下来了。

杰克总在房子边养许多条大狗，房子就在小河旁被弃用的锯木厂边。他不偷东西时就一直干贩马的买卖，因此也养了许多瘦弱的马。他还养了三四头猪和一头牛。牲口就放牧在离格兰姆斯家几英亩[1]开外的地方，杰克鲜有活儿可干。

他因购置一套打谷设备而欠了债，机器用了好几年，但债却未还清。人们压根不信任他。他们担心他会在晚上来偷谷子。他不得已要去很远的地方才能找到活干，而这成本太高了。他在冬天里打猎，并砍一些木柴，随后把这些拿到邻近的镇子上卖。儿子长大了，和父亲一个德行。他俩一起喝酒。若他俩回到屋子后发现没什么可吃的，老人就会给老妇人的额头来上一拳。她养的鸡不多，情急之下得被迫宰一只。待鸡宰光了，她去镇上就没有鸡蛋可卖了，到那时她该怎么办呢？

她一辈子都盘算着喂食，得把猪喂好，它们才能长肥，随后在秋天宰杀。猪宰了之后，她丈夫会把大多数猪肉带去镇上卖掉。如果他不敢去，儿子就会去。爷俩有时会动手，他俩动手时，老妇人会站在一旁吓得发抖。

---

1　英美制地积单位，1 英亩合 4046.86 平方米。

她慢慢养成了默不作声的习惯——这习惯已根深蒂固。虽然她还不到四十岁，但看上去已经老了，当丈夫和儿子都出门卖马、喝酒、打猎或偷东西的时候，她就会在房子周围和谷仓前的空地上转悠，自顾自地嘀咕。

她该怎么让所有东西都填饱肚子呢？——这就是她思考的事儿。狗得喂。畜棚里的干草不够马和牛吃的。如果她不喂鸡，它们怎么能生蛋呢？没蛋可卖的话，她又怎能到镇上去买那些维持生计和农场所需的东西呢？谢天谢地，她丈夫的肚子不用她来填饱——某种意义上来说。在她俩结婚生了孩子之后，她就再也不用为这个问题操心了。他长途跋涉去了哪里，她并不知晓。有时他会离家数周，待儿子长大之后，爷俩就一起出门。

爷俩把一切都丢在家里让她打理，但她身无分文，一个熟人也没有。镇子上也没人和她说话。冬天来临时，她得拾一些树枝来给自己生火，尽量用一丁点儿谷物来喂养牲口。

畜棚里的牲口饿得对她惨叫，狗就跟在她身后转悠。到了冬天，母鸡就不怎么下蛋了。它们在畜棚的角落里挤作一团，她就这么一动不动地看着它们。若是哪只母鸡在冬天下了蛋，而你没有及时发现的话，那么鸡蛋是会被冻裂的。

冬日里有一天，老妇人带着一些鸡蛋去了镇子上，身后跟着几条狗。她直到快三点时才动身，雪已经积得很厚了。那几天她感觉身体并不怎么舒服，所以一路嘀咕着，身上衣服单薄，肩膀耷拉着。她把鸡蛋装在一个老旧的谷袋里，袋子底下打着补丁。鸡蛋并不多，但鸡蛋在冬天的价格会涨一些。她可以拿它换一些肉给狗吃，再买一些咸肉、一点儿糖，或许还可以买一点儿咖啡。肉铺老板没准儿还能给她一块肝。

她到镇上卖蛋时，狗就趴在门口。她卖得很顺利，买到了她想要的东西，比预计得到的要多。随后她去了肉铺，老板给了她一点儿肝和给狗吃的碎肉。

许久以来，这是头一回有人友善地和她说话。她进门时，肉铺老板一人待在店里，一见到这么一个病恹恹的老妇人在这样的鬼天气里还要出门，他就感到恼火。肉铺老板对她说了几句她丈夫和儿子的闲话，咒骂了他们，他说话时这位老妇人盯着他看，眼神中流露出一丝诧异。他说在她丈夫或儿子吃到她放在谷袋中的肝脏或残带碎肉的大骨头之前，他倒是想看看他们挨饿的样子。

挨饿？好吧，得喂食啊。人也得填饱肚子，那些马没什么好的，但或许也卖得掉，而那头瘦弱的奶牛已经三个月挤不出奶来了。

马，奶牛，猪，狗，人。

# 三

老妇人得趁天黑之前赶回家。狗跟在她身后，嗅着她后背上那个沉甸甸的谷袋。她来到镇子边时，在一排栅栏前停了下来，她用放在裙袋里的一根绳子把袋子绑在了背上。这样背着会轻松一点儿。她的胳膊疼了。她艰难地俯身穿过栅栏，一旦摔跤，就会扎进雪里。狗在她身边蹦跶着。她得挣扎着重新站起来，但她做到了。她之所以要翻过栅栏，是因为那里有一条可以翻山穿林的小路。走大路也是可以的，但这样她要多走一英里。她担心自己无法走到家。此外，牲畜还得喂。家里还有一些母鸡以及一点儿玉米。也许丈夫和儿子到家时会带点儿吃的回来。他们是坐格兰姆斯家唯一一辆轻马车出去的，那玩意儿摇摇晃晃的，一匹瘦弱的马套在马车上，另两匹瘦弱的马用缰绳牵引着。他们是去卖马的，想尽可能赚点儿钱。他们或许会醉醺醺地回到家。他们回家时，屋子里最好能准备点儿吃的。

儿子与距家十五英里开外的县城里的一个女人有染。那是个非常强壮的女人。夏日里有一次，儿子把她带到了屋子里。那个女人和她儿子都喝了酒。杰克·格兰姆斯不在家，随后儿子和他的女人就像使唤用人一样使唤起老妇人来。她对此不太在意，她早已习惯了。无论发生什么她都不会说一个字。这就是她的处世之道。当还是小姑娘在德国人那里时，她就这样处事了，自打嫁人之后，她也是这样。她儿子带女人回来的那一次，他们在屋里待了一整晚，并像结过婚一样睡在一起。老妇人对此一点儿也不吃惊，她很早就已处变不惊了。

她背着袋子痛苦地走过一块空旷的田地，在深深的雪地里跋涉，随后进入了林子。

那里有一条小路，但很难走。刚越过山顶，树林最茂密之处有一小块空地。难不成曾有人打算在那里盖房子？空地和镇上的建筑用地一般大，面积足够盖一间房子和一个花园。那条小路沿着空地的一侧延伸出去，老妇人到达这块空地后，就坐在一棵树下歇脚。

这么做可是件蠢事。她坐定后，袋子抵住树干，位置刚刚好，但该怎么再站起来呢？她担心了一会儿，随后闭上了眼睛。

她一定是睡了有一会儿了。当你身子冷透了，就不可能再感到冷了。午后气温暖和了一些，雪却比以前更厚了。过了一会儿，天放晴了，月亮也浮现出来。

共有四条格兰姆斯家养的狗跟着格兰姆斯太太去了镇上，

每条狗都长得又高又瘦。像杰克·格兰姆斯和他儿子这样的人总养这样的狗。他们殴打、虐待这些狗,但狗都不走。格兰姆斯家的狗为了不挨饿,只能自己出去觅食,老妇人靠在空地边的树上睡觉时,狗就在四处觅食。它们总在林子和毗邻的田地里追兔子,并且在它们的活动范围内招来了其他三条农场里的狗。

过了一段时间之后,所有狗都回到了空地。它们对某样东西兴奋起来。类似这样清冷、明朗、月悬当空的夜晚,对狗来说是个好时光。或许一种源自冬夜聚集在林子里的狼的古老本能,现在在狗们身上激活了。

空地里立在老妇人面前的这些狗之前已经抓到过两三只兔子,即刻的饥渴已经得到了满足。它们开始玩耍,在空地里绕圈跑了起来。它们一圈一圈地跑着,每条狗的鼻子都嗅着另一条狗的尾巴。一棵棵覆雪的树下,冬日的月光中,它们构成了一幅古怪的画面,它们就这样无声地奔跑着,踩着松软的雪绕着圈跑着。狗没有发出一点儿声音。它们就一圈一圈地跑。

或许在死去之前,老妇人曾看到狗们就这么跑着。她或许曾醒来过一两次,老眼昏花地盯着这个古怪的场景看。

她或许此刻不那么冷了,只是困了。生命曾残喘了很长一段时间。或许老妇人当时已灵魂出窍。她或许梦见了在德国人家里度过的少女时光，梦到了此前还是个孩子时，她母亲将她遗弃，匆匆离去前的情景。

她的梦境或许一直不那么愉快。她没遇见过什么愉快的事儿。时不时地，格兰姆斯家的其中一条狗会脱离绕圈跑的队伍，来到她面前站着。狗把脸凑近她的脸。它伸出了红色的舌头。

狗的奔跑或许就是一种死亡仪式。或许就是那种源自狼的原始本能，那一晚在奔跑中的狗身上被唤起，让它们不知怎么感到了恐惧。

"我们现在不再是狼了。我们现在是狗，是人的仆人。活下去，人类！人死了之后，我们就又会变成狼。"

其中一条狗来到老妇人坐靠在树的地方，把鼻子凑近她的脸庞，它似乎满足了，随后又和狗群跑了起来。那一晚，在她死去之前，格兰姆斯家的所有狗都曾在某个时间里过来凑近她的脸庞。我是之后了解到这一切的，那时我已长大，有一次，在一个冬夜，由于身处伊利诺伊州的森林，我曾看到过一群狗像那样活动着。那群狗在等我死去，就如同我小时候它们曾在那晚等待老妇人死去那样，但当这一切发生在我身上时，我还是个年轻人，我绝不会让自己就这么死去。

老妇人走得温柔且安详。她死后，格兰姆斯家的一条狗来到她身边，发现她死后，所有狗都停下了绕圈奔跑的步伐。

它们围拢在她身边。

好了，她现在死了。她生前会喂养格兰姆斯家的狗，现在该怎么办？

她背上背着的那个袋子，就是那个装着一块咸猪肉、一块肉铺老板给的肝脏、给狗吃的碎肉和汤骨的谷袋。镇子里的肉铺老板，突然心生同情，把她背上的袋子装得沉甸甸的。对于老妇人来说，这可是一大笔收获。

现在，这成了狗的一大笔收获。


# 四


格兰姆斯家的其中一条狗突然从其他狗中蹿了出来，开始撕咬老妇人背上的袋子。如果这群狗真的曾经是狼，那么这条狗就是狼群中的狼王。它做什么，其他的狗就跟着做。

所有狗都把牙咬入了老妇人紧紧用绳子绑在背上的谷袋。

它们把老妇人的尸体拖了出来，横在空旷的空地里。磨破的裙子很快就从她肩上撕开了。一两天之后，当她的尸体被人发现后，这条裙子已经从身上整个儿撕到了臀部，但是那些狗没有碰过她的尸体。它们把碎肉从谷物袋里拖了出来，仅此而已。她的尸体被人发现时已经冻僵，她肩膀极窄，身体极瘦，死后看上去竟像个动人的少女。

在我小时候，中西部地区的镇子以及镇子边的农场里总会发生类似的事情。一个出去打兔子的猎人发现了这个老妇人的尸体，但没有去动。某些东西，那个在被雪覆盖的空地上被踩踏出的圆形小道，这块地方的静谧，狗咬着尸体企图拖走谷袋或将它撕开的地方——某些东西让那人吃了一惊，随后他急忙朝镇上跑去。

我当时和在镇上当报童的兄弟住在主街上，那时我兄弟正忙着把下午的报纸送到各家各户去，当时已经快到晚︱上了。

猎人跑进了杂货店，把所见说了出来。随后他去了五金店，又去了药店。人们开始聚集在人行道边。随后他们沿着大路来到了林中那块地方。

我兄弟本该干他的活去派送报纸，但他没有那么做。每个人都去了林子里。殡葬师和镇上的警长也去了。有几个人乘运货马车来到了大路边的那条小路，沿着小路进了林子。由于钉的马掌已经生硬，马在路上直打滑，所以他们没比我们走路快多少。

镇上的警长是个大块头，他在内战中弄伤了腿。他挂着一根很重的拐棍，沿着大路一瘸一拐地快速走着。我和兄弟跟在他后面，我们走着走着另一些男人和男孩也加入了队伍。

我们到达老妇人离开大路的地方时天已经黑了，月亮出来了。警长当时在考虑这是否会是一起谋杀。他不断在问猎人问题。猎人的肩膀上扛着一支枪，身后跟着一条狗。一个打兔子的猎人能出风头，这样的机会可真不多见。他走在最前头，和警长一起领队。"我没有看到任何伤口。她是个美丽的少女。她的脸埋在雪里。不，我不认识她。"其实，猎人根本没有凑近看尸体。他当时被吓坏了。她如果是被人谋杀的，那么这个人就会从树后跳出来把他也杀了。身处一片林子里，午后时光，所有树木都光秃秃的，地面上覆盖着雪，四下一片寂静，某些令人毛骨悚然的东西会偷偷浮上人的身心。如果周遭发生了某种怪异或离奇的事情，那么你只会想尽快离开那里。

男人和男孩组成的队伍跟着警长和猎人来到了老妇人穿过田地的地方，随后登上一段小坡，进入了林子。

我兄弟和我一言不发。他肩上横挎着装着一捆报纸的袋子。待他回到镇子之后，在回家吃晚饭之前，或许还得去派送报纸。如果我继续往前走——毫无疑问他已经认定我会这样做的——我们都会很晚才能回家。母亲或者姐姐得给我们热晚饭了。

这么说吧，我们还是有些东西可以说的。一个男孩能逮到这样的机会可不多见。幸运的是，我们刚好去杂货店时，那个猎人刚好走进来。猎人是个乡下人。我们俩之前都没有看到过他。

现在，那些由男人和男孩组成的队伍进入了空地。这样的冬夜，黑暗很快就降临了，但满月让一切变得清晰可见。我兄弟和我站在树旁，老妇人就死在这棵树下，

她看起来不老，那样轻盈、冻僵着躺在那里。其中有个人将她在雪中翻了个身，我随即看到了一切。我的身体因某种神秘的感受而颤抖起来，我兄弟的身体也一样。也许是因为冷吧。

在此之前，我俩谁都没有看到过女人的身体。或许是覆在冻僵肉体上的雪，才让它看上去如此白皙、动人，如此像大理石。镇上没有女人随众人来这里，但其中有个男人，他是镇上的铁匠，脱去了大衣，并把它盖在了她身上。随后，他用胳膊将她抱起，朝镇上走去，其他所有人一声不吭地跟在他身后。那一刻，没人知道她是谁。

# 五

我看清了一切，看到了雪中椭圆形的痕迹，它就像一个小型的跑道，狗曾在那里奔跑，我看到了人们困惑的样子，看到了看上去像年轻女人那般白皙的、光秃秃的肩膀，听到了男人们小声议论。

男人们都很困惑。他们将尸体带到了殡葬师那里，而当铁匠、猎人、警长，以及其他人进屋之后，他们就关上了门。如果爸爸当时在那儿，或许他也会进屋的，但我们男孩子不允许进去。

我和兄弟一起去派送他没送完的报纸，我们到家后，我兄弟把事情说了出来。

我一言不发，随后早早上了床。或许我对他讲述事件的方式感到失望。

随后，在镇子上，我一定听到过有关这个老妇人的故事的其他部分。第二天就有人认出了她，随即就展开了调查。

有人在某处找到了她的丈夫和儿子，把他们带到了镇上，并怀疑他们与那位女人的死有关，但这没有成立。他们有足够完美的不在场证据。

不过，整个镇子的人都讨厌他俩。他们不得已离开了这里。他们去了哪里，我就再也没有听说过。

我只记得林中留下的那幅景象，男人们站在边上，赤裸着如少女般的身体脸朝下埋在雪里，奔跑的狗留下的踪迹，以及头顶清爽寒冷的冬季天空。天上飘过白色的碎云。云朵在树木间奔跑着穿过这片小小的空旷之地。

不知不觉间，林中那个场景就构成了我现在试图讲述的这则真实故事的基础。你们懂了吧，故事的碎片是很久之后一点点拼凑起来的。

事情就是这样。我年轻时曾在一个德国人的农场干活。一个雇佣女畏惧她的雇主。农场主的妻子讨厌她。

我在那里明白了很多事情。随后有一次，在一个清朗、月光照耀的冬夜，我带着狗在伊利诺伊的森林里经历了多少有点儿神秘的奇遇。当时我还在上学，在一个夏日，我和一个男性朋友一起沿着距镇子几英里开外的小河来到了一个房子前，那里曾是那位老妇人居住的地方。自她死后，那里就没人居住了。门沿着铰链脱了下来，玻璃窗全都破了。我和那个男孩站在门口的时候，有两条狗，无疑是无家可归的农场狗，正绕着屋子的一角奔跑。两条狗又瘦又高，它们来到栅栏前，停在路上，朝我们这里观望。

整件事情，这则有关老妇人之死的故事，在我长大之后看来就像远处传来的乐声。音符得一点点慢慢听清，有些事得慢慢搞清楚。

死去的那个女人命中注定要喂养动物。不管怎么说，那就是她生前所做的一切。她出生前就在喂养动物，她儿时，在德国人的农场干活时，结婚之后，变老之后，死的时候，都在喂养东西。她喂养牛、鸡、猪、马、狗，她喂养人。她女儿小的时候就夭折了，她与儿子没有什么联系。她在死去的那一晚正匆忙往家赶，身上背着喂养动物的食物。

她死在了林中的空地里，即便死后，她依旧在喂养动物。

你们看，事情就是这样，那一晚我们到家后，当我兄弟述说这则故事时，我母亲和姐姐都坐在那里听，我觉得他没有抓住重点。他当时太年轻了，我也一样。一件如此完整的事情自有其动人之处。

我无需强调重点。我只是在解释我当时以及自那以后为何会感到不满。我说这些只是想让你们明白，为何我忍不住一遍又一遍地讲述这个故事。

# 回 乡

一

十八年了。这么说吧，他开一辆好车，一辆昂贵的跑车。他衣着讲究，是个身材结实、容貌英俊，不怎么笨重的人。他离开这座中西部的镇子去纽约时才二十二岁，现今回乡已四十了。他驾车从东边朝镇子驶来，在十英里开外的另一个镇子上停车吃午饭。

母亲去世后，他就离开了卡克斯顿，起初他还给家乡的朋友写写信，但几个月后回信日渐变少了。有一天，在离卡克斯顿十英里外的镇子上，他正坐在一家小酒店里吃饭，突然想到了缘由，并为此感到惭愧。"我这趟回来是和我写信的原因一样吗？"他问自己。有那么一刻，他觉得或许不该继续往前走了。现在回头还不晚。

酒店外，在这座邻近小镇的主商业街上，人们来来往往。阳光暖洋洋的。尽管已在纽约居住多年，但依旧有一股乡愁深埋在他内心的某个地方。他一整天都在驾车穿越俄亥俄东部，途中越过多条河流，穿过多座小山谷，看见了大路后面一座座白色的农舍以及巨大的红色谷仓。

接骨木花沿着栅栏开得正盛，男孩们在小河里游泳，麦子已割，玉米已长到齐肩高。处处可闻蜜蜂的嗡嗡声，沿路的大片林地里，弥漫着浓重、神秘的静谧。

不过，他此刻在想别的事儿，羞耻感油然而生。"我第一次离开卡克斯顿时，还给家乡儿时的伙伴写信，但我都在说我自己的事儿。我写信都在说我在城里做了什么，交了什么朋友，我的打算是什么，或许只在信件的最后，我才提上一句询问的话：我希望你一切都好。你最近怎么样？诸如此类。"

这位回乡的本地人——他叫约翰·霍尔顿——感到越来越不安。十八年之后，他似乎明白过来，浮现在他眼前的是一封十八年前写的信，那时他才第一次踏入这座陌生的东部城市。他母亲的兄弟，这座城市里一个成功的建筑师，给了他种种机会：他在剧院里看到了曼斯菲尔德扮演的布鲁特斯；他和舅妈一起乘坐夜船沿河而上到了奥尔巴尼；船上还有两个非常漂亮的姑娘。

一切都保持着同一个声调。他的舅舅给了他一个难得的机会，他也把握住了。他适时地也成了一位成功的建筑师。

纽约有很多高大的建筑，两三座摩天大楼，好几座巨大的工业厂房，数不清的壮观的高档住宅，这些都是他构思出来的产物。

往深处说，约翰·霍尔顿得承认舅舅和舅妈并不怎么喜欢他。只不过恰巧舅妈和舅舅没有自己的孩子罢了。他在办公室里努力且细心地工作，在设计方面慢慢培养出了某种极为突出的本领。舅妈更喜欢他一点儿。她一直视他为己出，待他如己出。有时就喊他儿子。舅舅去世后，有这么一两次，他曾有过一个念头：舅妈是个好女人。但有时他会觉得，她甚至喜欢他，约翰·霍尔顿，做出一些更为不道德的事，时不时地能逍遥自在一些。他从未做出逼她原谅的事儿来。也许，她在渴望能去原谅他的机会。

想法挺古怪，不是吗？那么，这个家伙要干什么呢？你一生只能活一次。你得替自己想想。

真烦人！约翰·霍尔顿非常在意这趟回卡克斯顿之旅，比他意识到的还要在意。那是一个明媚的夏日。他驾车越过宾夕法尼亚州的山脉，穿过纽约州，横跨俄亥俄东部。他的妻子乔特鲁德，去年夏天过世了，他的独子，一个十二岁的小伙子，去了佛蒙特州参加夏令营。

他脑中闪过一个念头。"我要慢慢驾车沿着乡村走，细品那里的景色。我需要歇息一下，得有时间来思考。我真正要做的是去重会老朋友。我要回卡克斯顿，在那里待上几日。我要去见赫尔曼、弗兰克和乔。随后去拜访莉莉安和凯特。这该多有趣啊，真的！"没准等他到达卡克斯顿时，卡克斯顿的球队正在比赛，比如与一支来自耶宁顿的球队比赛。莉莉安说不定会和他一起去看比赛。他隐约觉得莉莉安还未嫁人。他是怎么知道的呢？这么多年来，他从未听到过来自卡克斯顿的消息。球赛或许会在哈夫勒球场进行，他和莉莉安会去那里观赛，他们会走在特纳大街旁的枫树下，经过老旧的木板厂，走过布满沙尘的那条路，再经过昔日锯木厂的所在地，最终到达球场。他或许会为莉莉安撑起阳伞，鲍勃·弗兰奇或许会站在收取二十五美分票钱才能由此进入的大门旁。

好吧，或许在那儿的人不是鲍勃，而是他儿子。他一想到莉莉安也会那样与昔日的情人一起去看比赛，心里就美滋滋的。一群群男孩，男人和女人，穿过哈夫勒球场的大门，在尘土中迈步前进，小伙子和心上人一起，还有几个青丝成灰的妇人，她们是球队队员的母亲，莉莉安和他就头顶烈日，坐在那座摇晃的看台上。

曾几何时——他俩，他和莉莉安就这么坐在一起，心里真是思绪万千啊！注意力完全无法集中在场内的球员身上。

别人或许会问邻座的人："谁领先啊，卡克斯顿队还是耶宁顿队？"莉莉安把手放在大腿上。一双多么白皙、优雅、柔意绵绵的手啊！曾经——就在他母亲去世后一个月，他搬到城里与舅舅住之前——他和莉莉安在晚上相约去了球场。他父亲在他还小的时候就去世了，镇上也没有别的亲戚。在晚上去球场赴约或许对莉莉安来说是件冒险的事儿——若有人发现的话，对她的名誉可不好——不过，她似乎非常乐意前往。你们应该知道那个年纪的小镇姑娘是怎样的吧。

她父亲在卡克斯顿经营一家零售鞋店，是一个受人尊敬的好人，而霍尔顿一家——约翰的父亲则是一位律师。

那一晚，他俩从球场回来之后——一定已经过了凌晨——就坐在她父亲家门口的前廊里。她父亲想必早已知道了。女儿竟然和一个小伙子那样欢腾了大半个晚上！他俩怀着某种他俩都不理解的古怪而又绝望的心情相互依靠着。她禁不住他一再催促，直到三点才进屋。他不想毁了她的名声。为什么，他或许应该……她一想到他要走，就像一个受了惊吓的小孩。那一年他二十二岁，而她十八岁左右。

十八加二十二等于四十。约翰·霍尔顿在距卡克斯顿十英里开外的镇上，坐在酒店用餐的那一天刚好四十岁。

此刻，他心想，他或许可以和莉莉安一起走过卡克斯顿的大街去球场，这样就会追回些什么。你们知道这是怎么一回事。一个人得接受青春已逝的事实。如果真有那样一场球，而莉莉安又愿意和他一起去的话，那么他大概会把车留在酒店车库里，邀请她一起走路前去。人们会在电影里看到那样的画面——一个男人二十年之后回到了自己出生的村子里，新生的美景早已取代了年轻时的美好——诸如此类。春季里的枫叶尽管动人，但到了秋日它们会更加迷人——一种火焰的颜色——那正应和了成年男女的气质。

吃完午餐之后，约翰觉得不是很舒服。通往卡克斯顿的路——以前坐单匹马拉的马车走这段路要花将近三小时的时间，但现在只需花费二十分钟就可以不费力地走完。

他点上一支雪茄，出门走了一会儿，并不是漫步在卡克斯顿的大街上，而是走在距那儿十英里开外的小镇的大街上。如果晚上能赶到卡克斯顿，恰好赶在黄昏时到达，那么，现在……

约翰内心突然感到一阵痛楚，意识到他需要的是黑暗，是柔和的夜灯带来的亲切感。莉莉安，乔，赫尔曼以及其他人。其他人和他一样都经历了十八年的岁月。现在，他成功地把对卡克斯顿的恐惧转化为了对其他人的恐惧，这让他感觉稍微好了一些，但他马上意识到了他在做什么，于是再一次感到了不适。一个人总得去看看变化：新的面孔，新的建筑，中年人成了老人，年轻人步入了中年。不管怎么说，他现在想到的是其他人。他没有再像十八年前写信给家里时那样，只想到他自己了。"我真的变了吗？"这是个问题。

想来真是荒诞。他曾如此快乐地沿河穿过上纽约州，经过宾夕法尼亚州西，跨过俄亥俄州东。人们在田里和镇上干活，农民们坐车去镇上，从对面的山谷望去，远方的路上扬起团团灰尘。有一次，他曾把车停在一座桥旁，沿着一条小河的河畔走着，那里曾是一片树林。

他现在喜欢关心别人了。这么说吧，他曾经绝不会饶恕自己把时间花在别人身上，不会去想象他们和他们的事儿。"我可没时间。"他对自己说。他总会意识到，就在他成为一个出色的建筑师时，美国的一切日新月异。新人辈出。他总不能一辈子都靠舅舅的名声闯荡下去吧。一个人必须时刻保持警惕。所幸，他的婚姻帮了他。为他铺设了许多有价值的关系。

路上他曾两次让人搭车。一次是一个来自宾夕法尼亚州东部某镇的十六岁小伙子，他搭上车时，正沿路朝西往太平洋海岸走去——这是一趟夏日的徒步之旅。约翰载着他走了一整天，一路上怀着无比喜悦的心情听着他说话。这就是年轻的一代。小伙子长着一双漂亮的眼睛，热情、友好。他抽烟，一次，当他们遭遇爆胎之后，小伙子动作麻利，急于想去更换轮胎。"现在，不劳您脏手了，先生，我很快就能搞定。"他说，随后就换好了。小伙子说他打算就这样长途跋涉到达太平洋海岸，在那里他打算谋一份类似在远洋货船打工的差事，如果他办到了，就会接着去环游世界。"但你会说外语吗？"小伙子说他不会。约翰·霍尔顿脑子闪过了一幅幅画面：炎热的东部沙漠、拥挤的亚洲小镇、几近蛮荒的山地国家。作为一位建筑师，他在舅舅去世前曾花了两年时间在国外旅游，去很多国家学习建筑，但他没有将他的想法说给小伙子听。心情激荡，孩子气的恣意，怀揣远游世界的宏伟蓝图，小伙子就像他年轻时曾打算离开舅舅位于市中心东第八十一街的房子，独自走向炮台公园一样。"我怎么知道——或许他能办到呢？"约翰心想。与小伙子一路结伴而行让他非常开心，并且他时刻准备着第二天早上再去接他，但小伙子搭上了某个起得更早的人的车，自己走了。约翰为什么不邀请他去他的酒店住一晚呢？约翰想到这一点时已经晚了。

年轻人，狂热且无拘无束，放荡不羁，对吧？我不知道为何我从未如此过，从未想要这样去做。

如果他再狂野一些，更无所畏惧一些——那一晚，他和莉莉安在一起的那一次……"自己一人的时候总会无所畏惧，但当别人在场，当小镇上的姑娘陪在身边时，你就怂了……"他清楚地记得，很久之前的那个晚上，他与莉莉安一起坐在她父亲房子的前廊里，他的手……似乎莉莉安在那一晚不会拒绝他提出的一切要求。他曾想——好吧，他曾想过结果。女人必须受男人的保护，诸如此类。当他走开后，莉莉安看上去非常吃惊，即便当时已是凌晨三点了。她就像一个在火车站等候火车的人。那里有一块黑板，一个陌生人走了过来，在黑板上写下了诸如"287次列车停止运行"之类的信息。

是的，一切就是那样。

随后，四年过去了，他娶了一位家境很好的纽约女人。即便身处纽约这样的城市里，尽管这里人口众多，但她的家庭也还是很有名气。他们家人脉很广。

婚后，他有时会诧异，这都是真的。乔特鲁德看他时，眼睛里有时会闪过古怪的眼神。他在路上搭载的那个小伙子——那一天当他向那个小伙子说起什么时，眼睛里也流露过一模一样的古怪眼神。若你想到那个小伙子是故意打算第二天避开你，那种感觉可就太糟糕了。还有乔特鲁德表哥的事儿。婚后，约翰曾听人说起乔特鲁德原本打算嫁给她的表哥，不过他听说后当然什么也没有和她说。他为何要说呢？她是他妻子。他听说，她家里人曾非常反对她与表哥的婚事。

这个表哥是出了名的莽汉、赌徒和酒鬼。

有一次，这个表哥在半夜两点来到了霍尔顿的公寓，他喝得大醉，硬是要见见乔特鲁德。而她披着一件睡衣，走下楼去见了他。那是在公寓楼下的门厅里，只要有人进来就可以看到她。其实，开电梯的男孩和门卫确实看到她了。她就站在楼下的门厅里和他聊了近一个小时。说了什么呢？他从未当面问过乔特鲁德，而她也从未向他提起过任何事。当她回到楼上，上床睡觉时，他颤抖着躺在自己的床上，但依旧一言不发。他担心如果自己开口，或许会说粗话，还是闭嘴的好。那个表哥以后再也没出现过。约翰怀疑乔特鲁德当时给了他一点钱。他随后去了西部某个地方。

现今，乔特鲁德去世了。她一向看上去挺好的，但突然间莫名其妙地发起了低烧，一烧就是近一年。有时她看似好转了，而后又会突然严重起来。或许她是真的不想再活下去了。怎么会有这种想法！她去世时，约翰和医生坐在床边。这就和他年轻时与莉莉安一起去球场的那一晚的感受相似，是一种古怪的遗憾。毫无疑问，从某种微妙的角度来说，两个女人都会责怪他。

责怪他什么呢？他那位建筑师舅舅和舅妈，总会用某种含糊不明的方式对他表示不满。他们是给了他钱，但是……

舅舅说过，莉莉安曾经在遥远的那晚曾经也说过……

他们说的是一样的话吗？乔特鲁德在弥留之际也是这样说的吗？她莞尔一笑。"你总是把自己照顾得很好，不是吗，亲爱的约翰？你总是循规蹈矩，从未为自己和他人冒过险。"她的确在生气时曾对他说过类似的话。


二


这座距离卡克斯顿十英里的镇上没有公园可供人们去坐坐。如果有人在酒店附近逗留，卡克斯顿的人或许会过来问："你好，你在这里做什么呢？"

这解释起来会有一些麻烦。他想要的是柔和的夜灯带来的亲切感，既为了自己，也为了他要去重访的老友。

他想起了他儿子，现在他已经是个十二岁的小伙子了。"好吧，"他对自己说，"他的性格还没有完全形成。"到目前为止，他儿子还没有意识到别人的存在，有一种相当随意的自私感，一种动不动就想占别人便宜的病态。这类事情需要马上纠正过来。约翰·霍尔顿不由得遁入了一丝惊慌之中。"我必须马上给他写信。"

这样的习惯会先在一个男孩身上、再在男人身上固定下来，随后就无法甩掉了。世界上生活着这么多人呢！每个男人和女人都有自己的观点。若要有教养，说真的，就得关注他人，关注他人的希望、喜悦，以及对生活的憧憬。

约翰·霍尔顿现在正沿着俄亥俄州一个小镇住宅区的街道走着，心里构思着写给正在佛蒙特州参加男生夏令营的儿子的那封信。他是那种每天都会给儿子写信的人。"我认为一个男人就该这样，"他对自己说，"他应该记得现在这个男孩已经没了母亲。"

他来到一个偏远的火车站。车站中央草地上的一个圆形花坛里种着花草，显得很整洁。某个像是车站管理人员或报务员模样的人从他身边经过，走入了车站。约翰跟着他走了进去。候车室的墙上挂着一张火车时刻表，他在旁边站着。五点会有一班火车抵达卡克斯顿。另一班火车将会在七点十九分驶离卡克斯顿，并在七点四十三分经过他现在所在的小镇。火车站小卖部里的一个男人打开了一块滑动盖板并盯着他看。两个男人相顾无言，随后滑动盖板又合上了。

约翰看了看表。此刻是两点二十八分。他大概会在六点开车去卡克斯顿，随后在那里的酒店吃饭。吃完饭就该是晚上了，人们会走到主街上去。到那时大概是七点十九分了。

约翰年轻时，他、乔、赫尔曼和几个经常结伴的小伙子有时会爬上行李箱或邮政车厢，偷摸着乘车到他现在所在的镇子。火车一路驶出十英里，他们蜷缩在越来越暗的置物平台上，车厢左右摇晃着，多么惊心动魄啊！秋季或春季时，当天渐渐黑下去，铁轨旁的田地里会因为烧炭工打开火箱朝里面丢一块煤而突然亮起来。有一次，约翰就着一闪而过的亮光，看到一只兔子正沿着铁轨奔跑。他原本可以伸出手将它抓住。在邻近的镇子里，这群男孩进了酒吧，在那里打台球，喝啤酒。他们原本指望搭乘大概会在十点半抵达卡克斯顿的本地货车回家。在一次冒险中，约翰和赫尔曼喝醉了，乔不得不把他们扶上一辆空煤车，随后这辆车带着他们来到了卡克斯顿。赫尔曼生病了，当他们在卡克斯顿跳下货车时，他跟跟跄跄地走着，差一点儿就跌进驶过的火车底下。约翰没有喝得像赫尔曼那样醉。他趁别人没看到，悄悄把好几杯啤酒倒入了痰盂。他和乔在卡克斯顿陪着赫尔曼走了好几个小时，最终在回到家时，他母亲因担心他还没睡。他对母亲撒了个谎："我开车和赫尔曼一起去了镇上，路上一只轮胎破了。我们不得不走路回来。"乔这么能喝啤酒是因为他是德国人。乔的父亲经营着镇上的肉市场，家里的桌子上都摆着啤酒。难怪赫尔曼和约翰都喝趴下了，他都没事儿。

火车站边的阴影处有一条长凳，约翰在那里坐了很久——两个小时，三个小时。他为什么不带本书来呢？他在想着给儿子写一封信，在信中他会谈起卡克斯顿镇外路边的田野，谈起他在那里遇见的老朋友，谈起他还是个孩子时发生的事儿。他甚至会谈起他昔日的情人莉莉安。如果他想好要在信中写什么，就可以在卡克斯顿那边的酒店房间里花几分钟把信写完，而不用停下来想他要说些什么。你不能总对一个小伙子说的事挑三拣四。说真的，有时你得对他有信心，带他走入你的生活，让他成为你生活的一部分。

六点二十分时，约翰驾车到了卡克斯顿，随后进了酒店，在那儿登记入住，被带进一间房间。他在开车进镇子的路上看见了比尔·贝克尔，此人在他年轻时弄瘫了一条腿，在人行道上得拖着腿走。他现在老了，脸皱巴巴的，暗淡无光，像一只干瘪的柠檬，他胸前的衣服上污渍斑斑。人们即便是病人，在俄亥俄州的小镇上都会活很久。真搞不清楚他们是怎么活下来的。

约翰把车、那辆非常昂贵的车，停入酒店边的车库里。之前，在他还住在这里时，这幢楼是一座畜棚。在那间小办公室前面的墙上还挂着那幅著名的跑马图。老戴夫·格雷，他养赛马，经营畜棚，而约翰有时会从那儿雇一辆马车。他会雇一辆马车带着莉莉安沿着洒满月光的路去乡下兜风。一条狗在一座孤零零的农舍旁吼叫着。有时，他们会沿着种着接骨木的泥泞小路赶车，随后将马勒住。一切是多么安静啊！这感觉好奇怪。他们说不出话来。有时，他们就这样安安静静地坐着，彼此紧挨着，长久长久地坐着。一旦他们走出马车，将马拴在栅栏上之后，就在一块刚刚收割过的田里散步。割下来的干草一摞摞地堆在各处。约翰想和莉莉安一起躺在其中一摞干草堆上，但他没敢说出口。

约翰一声不吭地在酒店里吃饭。餐厅里甚至连个旅行推销员也没有，酒店的老板娘走了过来，站在他桌边和他攀谈起来。酒店有时会有很多游客，但今天恰好是个冷清的日子。酒店业萧条的日子就这样来了。女人的丈夫曾是个游客，后来就把酒店买下了，好让她在他外出的时候还有点事儿可干。他总不在家！他们是从匹兹堡来到卡克斯顿的。

约翰用完餐之后就回了自己的房间，先前那个女人跟了过来。朝走道的门一直开着，随后她走过来站在门口。说真的，她长得真漂亮。她只是想确认一切已安排妥当，毛巾，肥皂，以及一切他想要的都已备好。

她在门上靠了一会儿，聊起了这个镇子。

"这是个不错的小镇。赫斯特将军就葬在这里。"他想知道赫斯特将军是谁，他参加了哪一场战斗。他为自己竟然不记得这位将军而感到奇怪。镇子上有一家钢琴厂，还有一家来自辛辛那提的手表公司正打算要在这里建一个车间。"他们认为在这样的小镇上，不太会遇到劳资纠纷。"

女人随后不情愿地离开了。她沿着走廊独自离去时停了下来，还朝这里回望。有一丝古怪的气氛。他俩都挺不自在的。"我希望你住得舒适。"她说。一个四十岁的男人归乡，但不回自己的家，难道是为了开始一段……与一个旅行者的妻子，嗯？罢了！罢了！

七点四十五时，约翰出门去主街走了走，随后几乎立刻就遇见了汤姆·巴拉德，此人一下子就认出了他，这着实让汤姆感到开心。他对此吹起了牛。"我对人脸过目不忘。不错！不错！"

约翰二十二岁的时候，汤姆大概才十五岁左右。他父亲是镇上的主治医师。他一直拽着约翰，与他一起朝酒店走去。他一直在嚷嚷："我一眼就认出了你，说真的，你真没变多少。"

现在轮到汤姆当上医生了，但他身上有点儿……约翰马上猜到了哪里不对劲了。他们来到了约翰的房间，约翰从包里拿出了一瓶威士忌，给汤姆倒了一杯，约翰觉得汤姆喝得太急了。他俩聊了一会儿。汤姆在喝完酒之后，坐在了床边，手里依旧拿着约翰递过来的酒瓶。赫尔曼现在在开一辆拉货马车。他娶了基蒂·斯莫尔，生有五个孩子。乔现今在国际收割公司上班。"我不知道他此刻在不在镇上。他当检修工，技术了得，是个好人。"汤姆说。他又喝醉了。

至于莉莉安，约翰提起她时小心翼翼，而汤姆当然知道她已经嫁了人，随后又离婚了。她好像汤姆又与另一个男人纠缠不清。她前夫后来又结婚了，现在她和她爸妈住在一起，她爸爸是个鞋商，已经死了。汤姆遮遮掩掩地说着，仿佛在保护朋友。

"我想她现在一切都好，改邪归正了。好在她没有孩子。她有一点儿神经质，且有点儿古怪，容貌改变了不少。"

两人下了楼沿着主街散步，随后上了医生的车。

"我带你稍微兜兜风吧。"汤姆说。但当他开出停靠在路边的车后，他转过头来，朝车上的乘客笑了一下。"既然你又回到了这里，我们得稍稍庆祝一下了，"他说，"要不喝一夸脱怎么样？"

约翰给了他一张十美元的钞票，随后他消失在了附近一家药店里。回来时，他笑了笑。

"我用了你的名字，搞定了。他们没认出来。我在处方上写你有点儿神经衰弱，需要振作起来。我推荐你一天喝三勺。

天啊！我的处方本都快写完了。"药店是一个叫做威尔·博耐特的人开的。"你或许还记得他吧。他是艾德·博耐特的儿子，娶了卡丽·怀亚特为妻。"在约翰脑中，这些名字都模糊了。他想："这个男人要喝醉了。他打算把我也灌醉。"

当他们驶出主街，进入胡桃木大街后，他们把车停在两盏街灯之间，又喝了起来，约翰对着瓶喝，但用舌头抵住了瓶口。他想起了他和乔和赫尔曼一起度过的那些夜晚，那时的他悄悄地把啤酒倒入了痰盂。他感到又冷又孤独。他之前在午夜离开莉莉安的房子归家时，就经常沿着胡桃木大街走。他记得当时住在这条街上的人们，一连串名字现在涌入了脑海。常常这些名字还记得，但人已对不上了。就只剩下名字了。他希望这位医生别掉转头把车开到霍尔顿曾经居住的街道去。莉莉安住在镇子的另一边，那个地方叫做"红房子区"，只不过约翰不知道那里为什么叫这个名字。


三


他们无声地一路驶去，爬上一个小山丘，随后来到镇子边缘，向南驶去。他们在一所房子前停了下来，这所房子显然在约翰住在这里之前就已经建好了，汤姆按响了喇叭。

"这里以前不是一个集市吗？"约翰问。医生转过身来，点了点头。

"对，就在这里。"他说。他不断按喇叭，一个男人和一个女人从屋子里走了出来，站在了停在路上的车旁。

"我们得去接穆迪和阿尔夫，然后一起去丽舍之角吧。"汤姆说。约翰现在的确被拽着走了。有一段时间里，他怀疑自己是否会被介绍给这两人。"我们搞了一些私藏的烈酒。这是约翰·霍尔顿，他几年前就住在这里。"约翰年轻时，戴夫·格雷这个出租马车的人，曾一大早就在集市上赛马。赫尔曼这个马匹的狂热爱好者，曾梦想有一天会成为一名骑手，他经常一大早就来到约翰家，于是这两个男孩早饭也不吃就来到集市。赫尔曼会从他母亲的食品储藏室里拿来一些用切片面包和冷餐肉做的三明治。他们抄小路，边吃三明治边翻过栅栏。他们越过沾满露珠的草地，草地里的云雀在他们之前朝天上飞去。赫尔曼至少一生多多多少少还在延续他年轻时的激情：他依旧在和马打交道，他有了一辆运货马车。约翰内心感到了一丝疑虑。赫尔曼开的似乎是一辆运货的卡车吧。

那一男一女上了车，女人在后座与约翰坐在一起，丈夫则和汤姆坐在前排，随后他们开车去了另一个房子。一路上很多街道约翰已经不记得了。他时不时会问那个女人："我们现在经过的是哪条街？"随后穆迪和阿尔夫加入了他们，两人一样也挤在后座。穆迪是一个二十八或三十岁左右的苗条女子，金发碧眼，一上车似乎就故意在奉承约翰。"我只要挤一点儿空间就好了。"她说，一边笑着，一边缩在约翰和先前那个他记不起名字的女人中间。

他曾很喜欢穆迪。当车沿着一条碎石路开出大约十八英里之后，他们来到了丽舍的农舍前，这里已经改建成了一家路边饮食店，随后下了车。穆迪一路上不怎么说话，但她挨着约翰坐得很近，而约翰一路上感到又冷又孤独，他为她苗条的身体带来的暖意而心怀感激。她时不时地低声对他说道："夜色真美！天啊！我喜欢这样在黑暗中前行。"

丽舍之角就坐落在萨姆森河的拐弯处，约翰年轻时，这里还是一条小河，他时不时地会和父亲来这里远足垂钓。他后来又和一群带着女友的小伙子来过此地几次。他们那时是坐着格雷的老旧巴士来的，整趟旅程一来一回要花好几个小时。夜晚回家时，他们会用最高的嗓门兴致高昂地唱歌，把沿途的农民都吵醒了。车上有些人偶尔会下车，走一段路。趁别人没看到，这是小伙子亲吻女朋友的好机会。脚步只要加快一点儿，他们就可以轻而易举地赶上巴士。

丽舍之角的主人名叫弗朗西斯科，是一个面色阴沉的意大利人，屋里有舞池和餐厅。如果懂内情的话就可以喝酒，显然这个医生和他的朋友们都是老主顾了。他们一进屋就宣称约翰不用掏钱，这句话，其实在约翰点餐之前就说出口了。"你现在可是个客人，别忘了。等我们去你镇上，你再请我们就好了。"汤姆说。他笑了。"而这让我想到。我忘了给你找零了。"他说完，递给约翰一张五美元的纸币。从药店买来的威士忌已经在路上喝完了，除了约翰和穆迪之外，其余人都喝了个痛快。"我不喜欢酒。你呢，霍尔顿先生？"穆迪咯咯笑着说。她两次把手指伸过来，并轻轻地触碰约翰的手指，每一次她都会为此而道歉。"哦，请原谅！"她说。约翰对此没有什么感觉，就和夜晚早些时候，酒店那个女人前来站在他门前、随后不情愿离开时，他的感受一样。

他们把车停在丽舍之角，从车上下来之后，那种古怪的感觉又朝他袭来。"我在这里和这群人干什么？"他不断问自己。当他们处在明亮处时，他偷偷看了看手表。还没到九点。那里还停着许多别的车，医生站在门口解释说，这些车都是从耶明顿来的，他们喝了几杯不那么烈的意大利红酒之后，除了穆迪和约翰之外，其他人都去了舞池跳舞。医生把约翰拉到一边小声对他说："别去勾搭穆迪。"他说。他急匆匆地解释说，阿尔夫和穆迪一直在吵架，两人好几天没说话了，尽管他们同处一个屋檐下，在同一张桌子旁吃饭，睡在同一张床上。"他觉得她和那些男人玩得太过了，"汤姆解释说，"你最好小心点儿。"

穆迪和约翰坐在房前树下的一张长椅上，其他人在跳舞时，他们就拿上酒，走出门。汤姆喝了一些威士忌。"这是私酿酒，但是好东西。"头顶上的天空星星在闪耀，别人都在跳舞，约翰转过头朝路对面种在河岸的树林间望去，星光映射在萨姆森河面。屋里的一束光落在穆迪的脸上，光照下那是一张多么可爱的脸庞，但当凑近看，却看到的是任性。"她内心一定是一个宠坏了的小孩。"约翰心想。

她问起了他在纽约的生活。

"我曾去过那里一次，但只待了三天。那还是我在东部读书的时候。有一个我认识的女人住在那里。她嫁给了一个大概叫特里根的律师。我猜，你应该不认识他。"

此刻她脸上流露出一种饥渴且失望的表情。

"天啊！我真该住在那个地方，而不是这个洞穴里！这里连能让我心动的男人都没有。"她这么说时又咯咯笑起来。晚间，他们曾穿过布满尘土的道路，在河边站了一会儿，但在别人跳完舞前，又回到了长椅那儿。穆迪始终不想跳舞。

十点三十分时，其他人都有一些喝醉了，他们驾车回到镇子上。穆迪又坐在了约翰身边。路上，阿尔夫想要睡觉了。穆迪把瘦弱的身体靠在约翰身上，她做了两三个他毫无反应的细微动作之后，大胆地把手伸入了他的手中。那一秒，那个女人和她的丈夫正在和汤姆聊在丽舍之角见到的那些人。"你们有没有觉得芬妮和乔之间有些什么事儿？不，我觉得她倒是挺规矩的。"

十一点三十分时，他们到达了约翰的酒店，他向所有人道了晚安，随后上了楼。阿尔夫醒了。他们驻车时，他从车里探出身子，仔细打量着约翰。"你叫什么名字来着？"他问。

约翰沿着漆黑的楼梯上了楼，随后坐在房间的床上。莉莉安的容貌已不再年轻。她已经嫁了人，而她的丈夫抛弃了她。约翰是个检修工，在国际收割公司上班，是个技术娴熟的技工。赫尔曼是个开运货马车的。他有五个孩子。

约翰的房间隔壁有三人在玩扑克。他们大笑着聊着天，声音清晰地传到了约翰耳朵里。"你是这么想的，对吧？好吧，我会证明你是错的。"随后，传来一阵温和的争吵。正值夏日，约翰房里的窗户开着，他来到其中一扇前站着，朝外看去。明月当空，他往下朝一个小巷望去。两个男人从一条街道里走了出来，正站在小巷里小声嘀咕着。当他们离开后，两只猫在屋顶上趴着，正准备交配。隔壁的牌局散了。约翰听到走廊里传来了声音。

"好了，别提了，我和你说，你们俩都错了。"约翰想起了在佛蒙特州参加夏令营的儿子。"我今天还没有给他写信呢。"他感到内疚。

他打开包，拿出纸，坐下开始写，但试着写了两三个字之后，他放弃了，又把纸推开了。他与那个女人坐在丽舍之角边的长椅时夜色是多美啊！现在，那个女人正和她丈夫躺在床上。他们彼此无言。

"我可以这么做吗？"约翰自问道，随后，这一晚上，他的嘴角首次浮现出了笑容。

"为什么不呢？"他问自己。

他手里提着包，走下黑暗的走廊，走进酒店的办公室，重重地敲起了桌子。一个头发稀疏的肥胖男人睡眼惺忪地从某个地方走了出来。约翰解释说："我睡不着，我想还是继续赶路吧。既然睡不着，还不如开车去匹兹堡吧。"他付了账。

随后他让酒店员工去把管车库的人叫醒，并付了额外的费用。"我需要加油，还有加油站开着吗？"他问，但显然那个人没有听到。或许他觉得这个问题很荒唐。

他站在酒店门前洒满月光的人行道边，听到酒店员工重重地关上了门。现在传来了车辆的动静，车前灯打亮了。车子开了出来，司机是个男孩。他看起来既有活力，又很机警。

"我看到你去了丽舍之角。"他说，随后，没等回话，就去看了看油箱。"你的车没问题，你大概还有八加仑的油。"他向约翰保证道，约翰随后爬上了驾驶座。

多么亲切的车，多么亲切的夜晚！约翰不是那种享受极速驾驶的人，但这一次却快速将车开出了镇子。"你开过两个街区，向右转，驶入第三个街区。开上水泥路。右转，朝东一直开。这样你就不会迷路了。"

约翰以赛车的速度转弯。来到镇子边的时候，某人在黑暗中朝他喊叫，但他没有停车。他迫不及待地拐入大路，朝东一直开去。

"我要把她约出来，"他想，"天啊！这会很有趣！我要把她约出来。"

# 她在那儿——她在洗澡

又是无事儿可做的一天。真让人心烦。今天早上，我一如既往来到办公室，晚上又会在规定时间回家。我和妻子就住在纽约布朗克斯区的一间公寓里，无儿无女。我比她大十岁。我们的公寓在二楼，走廊上一条小楼梯供这幢房子里的人使用。

如果我能搞清楚我究竟是不是个傻子，究竟是一个突然变得有些疯狂的人，还是一个声誉真的受到损害的人，那就什么事儿也没有了。今晚，办公室里发生了极其不同寻常的事儿，随后我回家，决定把一切告诉妻子。"我会把这些告诉她，随后观察她的脸色。如果她脸色煞白，我就知道怀疑的一切都是真的。"我对自己说。近两周以来，我的一切生活都变了。我已经不是以前那个我了。比如，我之前还从未用过"煞白"这个词。这个词是什么意思？如果我不知道这个词的意思，又该怎么知道我妻子的脸是否变得煞白了呢？这个词一定是我小时候从一本书上看来的，或许是一本侦探故事集。等一下，我知道这个词是怎么跳进我脑袋里的了。

不过，这不是我打算告诉你们的事儿。今晚，如我之前所说，我回家，随后爬上楼梯回到我们的公寓。

　　走进家门时，我大声对妻子喊道："亲爱的，你在干什么？"我问道。我的声音听起来很奇怪。

　　"我在洗澡。"妻子回答说。

　　所以，你们看，她在家洗澡呢。她就在那儿。

　　她一直假装爱我，但看看她现在这个样子。她心里有我吗？眼中还有温柔吗？她走在街上时会想起我吗？

　　你们看，她正在微笑。有个年轻男人正从她身边经过。他是个高个子，留着一点儿小胡子，正抽着一支烟。现在，我问你们——他是那种像我一样，在某个领域为世界做出贡献的人吗？

　　我曾认识一个担任惠斯特牌俱乐部的总裁。这么说吧，他可是个人物。人人都想搞懂该怎么玩惠斯特牌。他们给他写信。"如果发现打出三张牌后，我右边的人还有三张牌，而我只有两张，那该怎能办，等等等等。"

　　我的朋友，就是现在我提起的这个人，研究了这个问题。"参照第406条规则中，你会发现，等等等等……"他回信说。

　　我想说的是，他在世上有一定的价值。他一直在做贡献，所以我尊敬他。我们过去常在一起吃午饭。

但我有一点儿跑题了。我现在想起的这个人，这些个年轻的无名之辈，只会在走过大街时偷偷看女人——他们在做什么？他们捏着胡子。他们带着手杖。有些正直的人还在资助他们。其中有些傻子还是他们的父亲。

这样的一个人现在就走在路上。他遇见了一个像我妻子这样的女人——一个老实巴交，没有什么生活经验的女人。他露出了微笑。眼睛中流露出了温柔的神情。如此虚伪，如此不谙世事的荒唐之举。

那些女人又怎么会知道呢？她们还是孩子。什么也不知道。世上有个男人，在某个办公室里工作，为世界做着贡献，她们会想到他吗？

事实是，这个女人受宠若惊。向那个男人投去了本该留给她丈夫、献给她丈夫的温柔一瞥。没人知道接下来会发生什么。

不过，哼，既然我要把这个故事说给你们听，那就开始吧。世上有一些男人总在不停地说，却又言之无物。恐怕我正在变成这类人当中的一员。如同我已对你们说过的那样，我晚上从办公室回到家，此刻正站在公寓前门的走廊里。我问了妻子正在做什么，她告诉我说她在洗澡。

很好，我就是一个傻子。我应该出门去公园里走走。不去坦然面对一切是没用的。只有坦然面对一切，人才能把一切搞清楚。

啊哈！此刻我已经被恶魔附体了。我说过，我应该保持冷静且镇定，但我冷静不下来。真相是，我越来越生气。

我是个矮个子男人，但我告诉你们，一旦激怒我，我也会动手的。我还是个孩子时就曾在校园里揍过另一个男孩。他把我打成了熊猫眼，我打松了他一颗牙。"好了，给我记好了，记好了。现在我把你逼到墙边了。我要弄乱你的胡子。把手杖给我。我要在你头上把它敲断。我不想杀你，年轻人。我要捍卫我的名誉。不，我不会让你走的。给我记好了。下一次你再在街上撞见体面的已婚女士走进商店，别再用这种温柔的眼神看她。你最好去找点事儿做。去银行上班。从底层做起。你刚刚说我是头老山羊，我得让你看看老山羊也能用角拱你。给我记好了。"

很好，你们这些读者也把我想成个傻子了吧。你们笑了。你们露出了微笑。朝我这儿看。你们在这里的公园里散步。你们牵着一条狗。

你们的妻子在哪里？她在干什么？

这么说吧，假设她正在家里洗澡。那么，她又在想什么呢？她洗澡时，如果脑子里在想着什么，那她想的是谁呢？

我来告诉你们吧，你们这些牵着狗散步的人，或许你们没有理由去怀疑你们的妻子，但你们的境遇和我一样。

她在家中洗澡，而我一整天都坐在桌前想着这些东西。在这种情形之下，我是不会擅自让自己冷静下来去洗澡的。我羡慕我妻子。哈哈。如果她是无辜的，我当然会像一个丈夫本该做的那样去爱慕她，如果她是有罪的，我甚至会更爱慕她。脸皮多么厚，多么漫不经心。这段时间里，她对我的态度中有某种高贵，某种几乎称得上是英勇的东西。

对我来说，现在每天都是一个样儿。这么说吧，你们瞧，我已经一整天坐在那里，双手托着脑袋一遍又一遍地想着，与此同时，她正在外面瞎逛，继续过着日常的生活。

她早上起来后，坐在丈夫、也就是我的对面吃早饭。她丈夫去了办公室。现在她正在和我们家的女佣说话。她要去商店。女佣正在缝东西，或许正在我们家做一条新的窗帘。

这就是你们的女人。罗马失火，尼禄仍在弹琴作乐。他身上有某种女人的影子。

妻子对丈夫不忠。她开心地出了门，说不定还挽着一个潇洒的小伙子的手臂。那人是谁？他会跳舞。他会抽烟。他和那些同类人在一起时会大笑起来。"我搞到了一个女人。"

他说，"她不年轻了，但她不可救药地爱上了我。太容易得手了。"我曾在抽烟的车厢，在火车和其他地方听到过这样的人与别人这样交谈。

还有一个像我一样的丈夫。他会冷静吗？他会镇定吗？他会心平气和吗？他的声誉或许正被人玷污着。他坐在桌子旁。他抽着雪茄。人们在他面前走来走去。他一遍又一遍地想。

他在想什么？他都在想她的事儿。"现在她依旧在家，就在我们的公寓里待着，"他想，"现在她正走在街上。"你知道你妻子在过怎样隐秘的生活吗？你知道她脑袋里在想些什么吗？好了，喂！你抽着烟斗。你把双手放在口袋里。对你来说，你的生活过得很好。你无忧无虑。"这有什么，我妻子正在家里洗澡呢。"你对自己说。你在日常生活中，不妨说就是一个有用的人。你出版书籍，你经营商店，你撰写广告。有时你会对自己说："我这是在为他人排忧解难。"这么想让你感觉不错。我同情你。如果你让我，或者我不妨说，如果我们出于正规的职务关系在处理正常事务时遇见了，我敢说我们会成为好朋友。这么说吧，我们或许会一起吃个午饭，并不经常，但时不时会吃一顿。我会告诉你一些不动产的生意，你会告诉我你最近在做什么。"我很高兴我们能相遇！给我打电话。你走之前，我们抽支雪茄吧。"

就我的情况来说，一切都是非常不同的。比如，我一整天都在办公室里，但我什么也没干。一个叫阿布莱特先生的人走了进来。"好嘛，你是想把资产卖了，还是打算继续持有？"他说。

他说的是什么资产？他在说什么？

你们可以自己看看，我身在什么样的处境里。

现在我必须回家。我妻子的澡也该洗完了。我们会坐在一起吃晚饭。我现在说的一切都不会提起。"约翰，你究竟怎么啦？""啊哈。我没怎么。我只是有点儿担忧生意上的事儿。一个叫阿布莱特的先生走了进来。我该把资产卖了，还是继续持有？"我脑中真正想的东西是不会提起的。我会有些紧张。咖啡会溅在桌布上，或者把甜点打翻。

"约翰，你到底怎么啦？"多么冷漠。如同我说过的那样，多么漫不经心。

怎么了？问题够严重的了。

一周，两周，确切地说，大概在十四天之前。我还是个快乐的人。我在忙自己的事儿。早上，我搭乘地铁去办公室，不过，如果很久之前能买车的话，我早就买了。但我没买，很久之前，妻子和我商定此等奢侈行为是愚蠢的。说真的，十年前，我生意黄了，必须把有些资产归在我妻子名下。我把文件带回家，她签了字。事情就这样处理了。

"好了，约翰，"我妻子说，"我们什么汽车也买不了了。"那件非常烦心的事儿当时还没有发生。我们一起在公园里散步。"梅布尔，我们得买辆车吗？"我问道。"不，"她说，"别买了。""我们的钱，"她一直这么说，都说了一千多次了，"日后可以救急用。"

确实可以救急。现在，发生了这件事后，还能救什么急呢？

两周，比两周还多，是十七天之前，我就像今晚一样从办公室回家。这么说吧，我走在同样的街道上，经过了同样的商店。

至于阿布莱特先生在问我是打算把资产卖掉，还是继续持有时，我对他这样问的意图感到困惑。我态度不明朗地回答："再说吧。"他指的是什么资产？我们之前一定就这个问题交谈过。有人或许会说，在事先没有谈过这个话题之前，一个不怎么熟的人是不会走进你的办公室，用那种毫无顾忌，熟门熟路的方式谈起资产问题的。

如你们看到的那样，我依旧有些困惑，即便我现在正在面对这件事，但是，你们或许猜到了，我依旧有一丝困惑。

今天早上我待在盥洗室里，像往常一样刮胡子。我总在早上刮胡子，晚上不会刮，除非我妻子和我打算出门。我当时在刮胡子，刮胡刷掉在了地板上。我弯腰将它拾起，头部撞到了浴盆上。我说这些只是想让你们知道我的处境。我头上鼓起了一个大包。我妻子听到我的呻吟之后，问我到底出了什么事儿。"我撞到了头。"我说。当然，一个自控力很强的人是不会明知浴盆在那儿还会一头撞上去的，再说，什么样的人才会搞不清自家的浴缸在哪里呢？

但是，现在我又想起了发生的事儿，想起了是什么让我如此苦恼。就在十七天之前的那一晚，我回到家。这么说吧，我一路走回来，什么也没想。在到达公寓楼之后，我走了进去，而在那里，就在前门那个小门廊的地板上，躺着一封上面写着我妻子名字——梅布尔·斯密斯——的粉红色信封。我将它捡了起来，心里想："这太奇怪了。"信封上喷着香水，没有写地址，只留着梅布尔·斯密斯这个名字，字迹显然出自一个粗俗男人之手。

我不假思索地就把它打开读了起来。

十二年前，我在韦斯特利先生家举办的聚会上第一次遇见了她，自那以后，我和妻子之间就没有任何秘密可言了，最终，直到十七天前我在门廊里那一刻，我还从未想过我们之间会留有秘密。我总会打开她的信件，她也总会打开我的信件。我觉得男人和妻子之间就该这样。我知道有些人不会同意我说的，但我经常会证明我是对的。

我是和哈里·塞尔福里奇一起去的聚会，结束后我将妻子带回了家。我提议叫一辆出租车。"我们要不要叫一辆车？"我问她。"不用了，"她说，"我们走走吧。"她是一个家具商的女儿，父亲已经去世了。所有人都认为她爸爸会给她留下一些钱，但没有。其实，他已经几乎把所拥有的一切值钱的东西都抵押给了大急流城的一家公司。有人会很在意，但我不会。"我娶你是因为爱，亲爱的。"我在她父亲去世的那晚对她说。我们从她父亲同样位于布朗克斯区的房子走回家，天空正飘着一丝小雨，但我们都没有淋湿。"我娶你是因为爱。"我说。我这么说是认真的。

回到那封信。"亲爱的梅布尔，"信上说，"这周三等那只老山羊离开之后，你到公园来。在我之前遇见你的动物笼边上的长凳那里等我。"

署名是比尔。我将信放进口袋，随后上了楼。

我进入公寓后，听到了男人的声音。这个声音正在敦促我妻子做什么事情。我进去后，这个声音变了吗？我径直走进客厅，我妻子就坐在那里，面对着一个坐在另一张椅子上的男人。他个子高高的，留着小胡子。

这个男人假装在向我妻子兜售一个专利地毯清扫器，我和往常一样，就坐在角落的椅子上，随后就一直坐着，一声不吭，他们都变得有些不自在起来。其实，我妻子主动活跃起来。她起身离开椅子，大声说："我说过我不需要什么地毯清扫器。"

年轻人起身，走到门前，我跟了上去。"好吧，我还是离开这儿吧。"他自言自语地说。这么说来，他一直想留下一个便条，想告诉我妻子在周三去公园见他，但在最后一刻，他决定冒险上我们家来。他脑子里很可能是这样想的："她丈夫也许在回家时会从信箱里取出便条。"随后他决定来家里见她，于是非常偶然地将便条丢在了门廊里。现在他害怕了。这一点可以看得出来。我这样的人虽然矮小，但有时候也是会动手的。

他朝门快速走去，随后我跟着他走进了门廊。另一个人正从楼上走下来，手上也拿着一个地毯清扫器。这可真是个狡猾的计谋啊，竟然想到带着地毯清洁器，这一代的年轻人真想得出来，但我们这样老一辈的人是不会被蒙蔽双眼的。我一眼就看穿了一切。另一个男人是个帮凶，一直躲在门廊里，以便在我靠近时给先前那人发暗号。我上楼后，当然，先前那个人正在假装向我妻子兜售地毯清洁器。或许，第二个年轻人是用地毯清洁器敲击楼上的地板来在发暗号。现在，我觉得我记得当时确实听到了敲击声。

但是，那一刻，我并没有像往常那样想。我站在走廊里，背靠在墙上，看着他俩走下楼去。其中一人转过头来，朝我笑了笑，但什么也没有说。我本想跟他们一起下楼，和他们干上一架，但我当时想的是，"我不会那样做的"。

可以百分百确定的是，正如我之前怀疑的那样，那个和我妻子一起坐在公寓里假装兜售地毯清扫器的人，就是丢下便条的那个人。当他俩走到前门走廊的时候，那个被我撞见和我妻子待在一起的男人突然掏了掏口袋。随后，我靠在楼上的扶手上，看见他在门廊里四下打量起来。他笑了笑。"你看，汤姆，我口袋里装着一封写给梅布尔的便条。我本打算在邮政局里贴上邮票把它寄了。我忘了街区的邮政编码。'哦，行吧，'我当时想，'我就去见她吧！'我可不想撞见她丈夫，那只老山羊。"

"你已经撞见他了，"我对自己说，"现在我们就看看谁会最终胜出。"

我走进公寓，随后关上了门。

过了很长时间，大约十分钟左右，我就站在公寓的门里，想了又想，就如同之前一样。我有两三次打算开口，向我妻子吼叫，质问她，立刻找出苦涩的真相，却发不出声音来。

我该做什么？我该向她走去，一把抓住她的手腕，按在椅子上，冒着施暴的危险逼她坦白吗？我自问道。

"不，"我对自己说，"我不能这样做。我得讲策略。"

我就站在那里长时间地思考着。我的世界在耳旁崩塌了。当我试图开口说话，嘴里却蹦不出一个词来。

最终我张了口，非常冷静。我身上有种顶天立地的男子汉气质。我被逼无奈时就会这样。"你在做什么？"我用冷静的语调对妻子说。"我在洗澡。"她回答说。

就这样，我离开家，来到了公园，就如同我今晚做的一样。晚上，就在从前门走出时，我做出了小时候从未做过的事儿。我是个非常虔诚的人，但我诅咒了上帝。我妻子和我曾就一个生意人该不该和这样一个人，也就是说，和一个咒骂上帝的人做生意争论多次。"我不能仅仅因为他诅咒上帝而拒绝把东西卖给他。"我总这么说。"是的，你可以这么做。"我妻子说。

这表明女人对生意上的事儿是多么不了解。我一直坚持我是对的。

我还坚持认为，我们男人必须保护家庭和家室的完整。

第一个晚上，我一直在外闲逛，直到吃晚餐的时间才回家。我决定闭口不提当下的事儿，保持安静并讲究策略，但在吃饭时，我的手颤抖了起来，把甜点溅到了桌布上。

一周之以后，我去见了一名侦探。

但在这之前还发生了别的事儿。周三那天——我已经在周一晚上发现了那个便条——我如坐针毡地坐在办公室里，心想那个年轻人或许正在公园与我妻子会面，于是就自己去了公园。

我妻子百分百确定就坐在动物笼边的长凳上，正在打一件毛衣。

起初，我觉得可以躲在灌木丛里，但事实上我却坐在了她坐的地方，并坐在了她边上。"真巧啊！你来这里干什么呢？"我妻子笑着说道。她眼神中流露出了惊讶的神情。

我要不要告诉她？这对我来说不是一个有待进一步讨论的问题。"不，"我对自己说，"我不会说的。我还是去见侦探吧。我的声誉无疑已被玷污了，我得找出真相。"好在我急中生智，躲过一劫。我直勾勾地盯着我妻子的眼睛说道："我有文件要签，我有理由相信你说不定就在这里，就在公园里。"

话一说出口，我恨不得把舌头咬断。但是，她没发现什么不对劲的地方，随后我从口袋里拿出了一张纸，把我的钢笔递给她，让她来签，她签完之后，我就急匆匆地离开了。

起初我以为我或许会闲逛一下，也就是说在远一点儿的地方转悠一下，但实际上没有，我决定不那么做。我对自己说，那个人肯定派了同伙盯着我呢。

所以第二天下午，我去了侦探的办公室。他是个大个子，当我把来意和他说明之后，他笑了。"我懂，"他说，"我们处理过很多类似的案子。我们会去跟踪这个人的。"

就这样，你们瞧，事情就是这样。一切都安排妥当了。我花了不少钱，不过我家现在有人监视着了，一切都有人向我汇报。说实话，一切安排妥当之后，我为自己感到羞愧。侦探所那个人——周围还站着几个人——跟我来到门前，把手放在我肩膀上。此举不知为什么，让我发了疯。他一直在拍我的肩膀，仿佛我就是个小男孩。"别担心。我们把一切都安排妥当了。"他如是说道。这没什么。生意归生意，但出于某种原因，我想一拳打在他脸上。

我就是这样，你们知道，我不知道自己在干什么。"我是个傻子还是一个普通人？"我不断问自己，但我不知道答案。

在安排好了侦探之后，我回了家，整夜无法入睡。

说实话，我开始觉得要是从来没有发现那个便条就好了。

我觉得那是我的错。或许，这让我没那么有男子气概，但这是真的。

好了，你们瞧，我睡不着了。"如果我没有发现那个便条，无论我妻子做了什么，我都能睡得着。"我对自己说。这简直糟透了。我为自己所做的一切感到羞愧，与此同时，又为自己竟会羞愧而羞愧。我做了所有美国男人、只要他还是个男人都会做的事情，于是我就成了这样。我无法入睡。我每晚回家都一直在想："那个人就站在树边——我打赌他就是那个侦探。"我一直在想那个在侦探所里不断拍我肩膀的人，每一次想到他，我就会越来越疯狂。没过多久，我对他的憎恶超过了那个假装向我妻子兜售地毯清洁器的年轻人。

随后，我做出了最愚蠢的事儿。一天下午——就在两周前——我想起了什么。当初我在侦探所里时，我看到了好几个人站在那里，但我没有被介绍给其中任何一个人。"就这样，"我想，"我可以假装去那儿取报告。如果那个男人没有出现，那我就找别人。"

于是我就这么做了。我去了侦探所，可以确定的是，我雇的那个人出去了。另一个人坐在桌子旁，我朝他打了个招呼。我们一起进了里面的办公室。"事情是这样的，"我小声说，你们看，我已经认定我就是那个毁了我家庭，败坏我的声誉的人，"我说明白了吗？"

事情似乎是这样的，你们瞧——这么说吧，我得睡觉，不是吗？就在那一晚之前，我妻子对我说："约翰，我觉得你还是放个假吧。给自己一点儿时间，暂时把生意的事儿放一放吧。"

要换在别的时候，她说的这番话或许很中听，你们知道吧，但现在只会让我更糟心。"她想支开我。"我想，有那么一瞬间，我好想跳起来把一切知道的事儿都挑明了。但我依旧没有那么做。"我会继续保持沉默。我会讲究策略的。"我心里想。

真是一个好策略。所以我又一次来到了侦探所，又雇了另一个侦探。我就这么按计划行事，假装自己是我妻子的情人。

那个人一直在点头，而我一直像个傻子一样在低声说话。这么说吧，我告诉他有一个叫史密斯的男人从这个侦探所里雇了个人监视他妻子。"我出于自己的原因，想要让他拿到能证明他妻子清白的报告。"我一边说一边把钱朝坐在桌子另一边的他推去。我花钱越来越鲁莽了。"这里有五十美元，一旦他从你们这家侦探所里拿到报告之后，你就来找我，我会再给你们两百美元。"我说。我把一切都想好了。我对这个男人说，我叫琼斯，与史密斯在同一个办公室上班。"我和他一起做生意，"我说，"是一个无声的伙伴，你明白吧。"

随后我出了门，当然，他就像第一侦探一样，跟着我来到门前，拍了拍我的肩膀。当然，先前那个人来了，告诉我说我的妻子是清白的。"她就像一个羔羊一样是清白的，"他说，"我该为你有这样一个清白的妻子而祝贺你。"

随后，我付了钱，向后退了退，以防止他往我肩上来几下，他刚刚把门关上，另一个侦探就进来找琼斯。

这样我就又看到了他，并给他付了两百美元。

随后，我决定回家，于是我就走在自我和妻子结婚后每天下午都会走的街道上。我回到家里，爬上通向我们公寓的楼梯，就如同我刚刚向你们描述过的一样。我无法认定我究竟是一个傻子，一个有点儿疯了的男人，还是一个名誉受损的男人，但不管怎么说，我知道那里不会有侦探了。

我脑中想的是，我可以回家向我妻子摊牌，告诉她我的疑虑，然后观察她的脸色。就像我之前说过的那样，我打算观察她的脸色，在我和她提起在楼下门廊上发现的那个便条之后，看看她的脸色是否会变得煞白。我脑中蹦出了"煞白"这个词，因为我小时候曾在一本侦探故事中看到过这个词，而最近我一直在与侦探打交道。

所以我本想直面我的妻子，逼她说出实话，但你们看，事情就变成这样了。我到家时，公寓里什么动静也没有，起初我觉得里面空空如也。"她和他私奔了吗？"我问自己，或许我的脸变得也有些煞白了。

"你在哪里，亲爱的，你在干什么？"我大声喊道，随后她告诉我说，她在洗澡。

所以，我就出门来到了这里的公园。

但现在我必须回家。还等着我吃晚饭呢。我当时在想阿布莱特先生心中想的是什么资产。我和妻子坐在一起吃晚餐时，我的双手在颤抖。我会把甜点撒出来。除非以前有过关于资产的谈话，否则一个人是不会进来随随便便就谈论资产问题的。

# 消失的小说

他说这全然就像一场梦。这样一个人是个作家。这么说吧，他一个月接一个月，或者说，一年复一年地在写一本书，但没写下一个字。我指的是，他在脑中写这部小说。将要写成的这本书自动写成，随后又毁掉了。

书中的各个人物在他的幻想中登场又谢幕。

但有些事我忘了说。我与一个颇有些名气的英国小说家谈起过曾发生在他身上的一件事。

他是在我俩某天在伦敦散步时告诉我的。我们在一起待了好几个小时。我记得是在泰晤士河畔散步时，作家和我说起了他那本消失的小说。

他在傍晚时来我住的酒店找我。他说起了我写的故事。"有时，你差点儿就要写出点儿东西来了。"他说。

我们一致认为，没有人能真正——写出点儿东西。

如果有人曾写出过东西，如果他曾经真得把球打过垒板，你们懂吧，如果他真的正中过靶心。

那么后人再做什么还有什么意义呢？

我来告诉你们，有一些老作家曾离这种状态非常近。

济慈？莎士比亚。还有乔治·博罗和笛福。

我们花了半个小时罗列名字。

我们一起出门吃了晚餐，随后又一起散了步。他是一个小个子男人，皮肤黝黑，神态紧张，一缕缕参差不齐的头发从帽子下面向外伸出。

我聊起了他的处女作。

但先简单说说他的过去吧。他出生在英国某个农村的贫苦农民家庭。他和所有作家一样。从一开始就想要写东西。

他没有受过教育，二十岁结了婚。

她一定是个非常受人尊敬的善良姑娘。如果我记得没错，她是一个英国教会牧师的女儿。

她恰恰是那种他最不会娶过门的女子。但一个人应该爱谁——或者娶谁，谁又说得准？她的地位比他高。她曾上过女子学校，受教育程度很高。

我非常确定她认为他是个无知的男人。

"她认为我也是个温柔的人，真扯淡。"他提起这件事时如是说，"我才不不温柔。我讨厌一个人身上的温柔气质。"

我们曾一度关系密切，一起走在伦敦的夜色里，时不时走进酒吧喝一杯。

我记得我俩每人都要了一瓶酒，那是因为担心酒吧会在我们谈完之前打烊。

至于我针对自己和冒险经历说了些什么，我不记得了。

关键在于，他想把他的女人变成某种异教徒，而她身上并没有这种可能。

他们养有两个孩子。

随后，他突然把话题转到了写作上——也就是说，真正的写作问题。

你是知道这种人的。一动笔就全心投入写。他在那座英国小镇上有活儿要干。我觉得他是一个职员。

因为他在写作，这样一来，他当然就耽误了工作，怠慢了妻儿。

他曾夜晚在田野里转悠。他的妻子训斥他。当然，她整个儿崩溃了——差不多是这样的。昔日的情人，现在时不时地因工作而对她不管不顾，没有女人能完全容忍这一点。

我当然是在说艺术家。他们或许是一等一的情人。他们或许也只能做情人。

并且，他们一定会毫不留情地把亲近的个人情感抛在一边。

你可以想象那样的一家人。那个人告诉我说，在他们当时住的那个家的楼上，有一间小卧室。那时，他还住在那个英国小镇上。

那人当时一下班就上楼。他一到楼上就锁上门。他通常一写就忘了吃饭，有时甚至连话都不和妻子说。

他一遍遍地写，写完就将稿子丢弃。

随后他丢了工作。"真该死。"他说起这件事时，如此说道。

当然，他不在乎。工作算什么？

妻儿又算什么？世上总会有这么几个无情的男人。

很快，家里就真的揭不开锅了。

而他还在门后的卧室里不断写着。房子很小，孩子们在闹。"这些个小屁孩。"说起孩子时，他如是说。当然，他不是有意的。我知道他这话是什么意思。他的妻子曾上楼坐在门外的楼梯上，而他则在门后写作。她大声喊叫，怀中的孩子哭了起来。

"真是个能忍的人，哈？"这个英国作家在提起这件事时，这样和我说。"也是个好人，"他说。"让她去死吧。"他也这样说道。

你看，他曾动笔写过她。她就是他写的第一部小说的主题。假以时日，它会被证明是他最好的一部小说。

如此温柔的理解——理解她的难处、她的局限性，却又亲自用如此随意、如此残忍的方式对待她。

好吧，如果我们身边有人相伴，那么这个人总该会有些价值的，对吧？

他俩在一起时，真的是无时无刻不在争吵。

随后有一晚上，他打了她。他忘了把窝在里面写作的房间的门锁紧。她破门而入。当时，他正在写有关她的某些事，写他对她真实境遇的理解。任何作家都会理解他的处境之难。他气急之下朝她冲了过去，对她动了手，将她打倒在地。

随后，好吧，她离开了他。还能怎么办呢？但是，他写完了那本书。那是一本真正的好书。

但他那本消失的小说。他说他在妻子离开他，他开始独自一人生活之后，来到了伦敦。他觉得或许可以动笔写另一本小说。

你明白他曾获得过赞誉，受到过推崇。

而第二部小说就像处女作一样创作艰难。也许是因为他已经耗尽了力气。

当然，他也感到羞愧。他为曾那样对待妻子而羞愧。他想动笔写另一部小说，这样他就不用整天在那儿想了。他告诉我说，在接下来的一两年时间里，他在纸上写的一切都显得呆板无味。没有鲜活的内容。

一个月接一个月写那样的东西。他从人群中退隐。好吧，他的孩子们呢？他给妻子寄了钱，也去看过她一次。

他说她和她父亲的亲戚住在一起，随后他去了她父亲家，找到了她。他们一起去田野里散步。"我们别谈了，"他说，"她哭了起来，并叫我疯子。随后我瞪了她一眼，就像我曾经打她时那样，而她转过身，跑回了父亲家，随后我离开了。"

要想写一部出色的小说，得写更多的小说。他说他脑中有各种各样的人物和情景。他曾好几个小时坐在桌子前写作，随后上街散步，就像我和他那晚一样。

他诸事不顺。

他对自己自有一套说辞。他说脑中构思的第二部小说就像还未出生的小孩。他为伤害了妻子和孩子而备受良心的折磨。他说他很爱他们，但又不想再见到他们。

有时他觉得他恨他们。一天晚上，他说，在他像之前那样备受折磨、并从人群中退隐这么久之后，他开始动笔写第二部小说了。就这样动笔了。

他一整个早上都坐在租来的房间里。房子在伦敦的贫民区。他曾一早就起床，不吃早饭就开始写作。他那天早上写的一切依旧平淡无奇。

大约到了下午三点钟，他依照习惯出门散步，还带了很多稿纸。

"我觉得我可以随时动笔。"他说。

他在海德公园散步。他说那是晴朗明媚的一天，人们在结伴走。他坐在一张长椅上。

自昨晚起，他还没有吃过东西。他在长椅上耍了个花招。日后，我听说巴黎的一些年轻诗人也玩过这种东西，玩得还挺认真。

那个英国人尝试的花招叫"自动写作"。

他把笔放在纸上，让铅笔把流淌出来的词写出来。

当然，铅笔写出的是一堆离奇古怪的词。他写得得心应手。

他坐在长椅上，看着人们从那儿经过。

他累了，就像曾长期爱着某个无法在一起女人的男人一样累了。

不妨说，困难还是有的。他或她已经结婚。他们相顾，眼神中涌动着誓言，但注定无法兑现。

等待无止息。大多数人的生命都在等待。

随后突然之间，他说，他开始写起了他的小说。主题当然是男人和女人——情人。这样一个男人还能写出别的什么主题呢？他告诉我说，他一定是想了很多有关他妻子的事儿，并想起了他对她的残忍。他不停地写。黄昏已过，夜幕降临。幸好还有月光。他说那是他最投入的一次写作，或者说是他梦寐以求的状态。一个又一个小时过去了。他坐在那条长椅上，像个疯子一样写着。

他一口气写完了一部小说。随后回家来到了房间。

他说他这一辈子从未对自己这样满意、这样开心过。

"我觉得我已对得起妻子、孩子、所有人、所有事了。"他说道。如果他们不知道这一点，或许永远就不会知道了——那又会有什么不同呢？

他说他把所有的爱都倾注到了小说里。

他把小说带回家，放在桌子上。

达成所愿，这感觉有多么美好——终于写出点儿什么了。

随后他走出了房间，找了一家通宵营业的地方吃点儿东西。

吃完东西后，他在镇子里闲逛。逛了多久，他不记得了。

随后他回家、睡觉。那时已经是白天了。第二天他睡了一整天。

他说他醒来后，本想看看他写的这部小说。"我真的知道，它从未写出，"他说，"当然，桌子上只有空空如也的一叠白纸。"

"不管怎么说，"他说，"我是知道的。我再也写不出如此美妙的小说了。"

他说着，笑了起来。

我觉得这个世上不会有多少人能够准确知道他在笑什么。

但为何要这么武断呢？没准会有十几个人知道呢。

# 打　斗

　　那个人——那个客人——从花园来到房子的门廊里。他说话的声音很平，身材非常壮实，开门见山就说起话来。

　　房子里的那个人——他的名字叫约翰·怀尔德——得格外努力才能集中注意力。"现在我得再听他絮叨一会儿。他已经很客气了。"

　　客人说些无关痛痒的话。他说起了日落。房子的门廊朝西。是的，是的，太阳下山了。花园尽头有一堵灰石墙，墙外是一座小山。山边有几株苹果树。

　　客人也姓怀尔德——阿尔弗雷德·怀尔德。他是约翰·怀尔德的堂兄。

　　他们看上去都很结实。约翰·怀尔德是个律师，他的堂兄是个科学家，在另一座城市的一家大型制造厂里做某类实验性的工作。

　　堂兄弟两人已多年没见过面了。阿尔弗雷德·怀尔德的妻子和女儿待在欧洲。娘俩是去那里消夏的。

　　堂兄弟两人多年未曾通过信。两人都出生在美国中西部地区的这个小镇上，小时候都住在同一条街上。

他们俩总会闹点儿矛盾。小时候两人总想打上一架。

但他们从未动过手。两人各自的家庭中都还有别的孩子。这对堂兄弟总在一起玩。两人会在圣诞节时互赠礼物。据说，两人之间兄弟之情浓厚。总有人这么说。说这话的人真是蠢货！

两家人总在一起过圣诞节。约翰给阿尔弗雷德买礼物，阿尔弗雷德也给约翰买。

两人聚在约翰·怀尔德屋子里的那一天，都已是快五十岁的人了，阿尔弗雷德说起日落时，约翰正在想年轻时过的那些圣诞节。

街上曾有另一个男孩养了一条生了好几条幼崽的狗。这个男孩——他是约翰的挚友——给了约翰一条小狗。他非常开心，并把它带回了家。

但他妈妈不喜欢狗，不允许他收留它。他怀中抱着小狗流泪站着。他被勒令把小狗带回原处，但到最后一刻，他想出了个主意。

约翰的妈妈知道他的堂兄阿尔弗雷德想要养一条狗。约翰可以养一段时间，然后把它当成圣诞礼物送给堂兄。真是个好主意。这个主意突然冒了出来。但他从未打算真的这么做。

他可以一直留着小狗。他母亲会慢慢喜欢上它的。当他说起可以把小狗送给堂兄时，表现得就像处于风暴之中的船长。他正把船驶入最近的港口，冒着一定的风险去拯救一艘船——或一条小狗。

他是在秋末的时候把狗带回家的，就把它养在屋后的谷仓里。

他一天会去看它二十次。有时在晚上，他会偷偷起床去探望小狗。

他母亲对此毫无察觉。她与小狗之间没有培养出什么感情来。约翰又想到了一个办法。他可以与这条小狗建立起亲密的感情，这样等到他让堂兄把它抱回家后，小狗也留不下来。

小狗会不断往回跑。最终，他母亲会妥协的。

约翰听说过很多忠犬的故事。一旦你赢得狗的喜爱，它就永远不会离你而去。如果你死了，它会来你的墓前哀嚎。

约翰一想到让阿尔弗雷德养这条狗，心里就难过得要死。他一度真的想去死。

如果他死了，就可以报复母亲了——这么说吧，会有一个男孩埋在雪地里。雪覆盖在他的墓上，一条死去的小狗横躺在墓地上。它死于悲伤。约翰一想到这个场景，泪水就从眼中掉落下来。

就如同之前说的那样，约翰是在秋末把狗带回家的。到了圣诞节，他不得不把它送给堂兄了，而阿尔弗雷德则给了他一只带链子的廉价手表。这其实也不是他送的礼物，而是他爸爸出钱买的。

阿尔弗雷德把小狗带回了家，约翰随后就开始等待。小狗没有回他家。他开始恨起这条狗来。

他认定阿尔弗雷德把它锁起来了，于是想去看看。当他来到堂兄家后，堂兄并不在家。他出门滑雪去了。

但是，这条狗就在院子里。约翰叫了它，小狗并没有上前来。它就在那里摇着尾巴。随后它吼叫起来，仿佛约翰就是一个陌生人。

约翰带着对这条狗的恨意走开了。他对堂兄的恨意对他来说一直是件非理智的事情，而他总为这一点而感到羞耻。

小狗长成了大狗。它是一条牧羊犬。

有一天，约翰在镇子边的田地里。他那时十六岁，带着一把父亲的枪，正打算去打兔子。

他当时待在一片小树林里，突然间，在边上的田野里，他看见了那条狗。它现在已经长成一条毛发浓密、相貌丑陋的大狗了。田地里还放着羊。这条狗沿着栅栏朝羊匍匐前进。

约翰曾听说过狗咬死过羊的事儿。就在那段时间里，曾有好几只羊在镇子边的田野里被狗咬死了。

约翰沿着栅栏朝狗走去。狗当然认得他。这条狗叫"谢普"。它看到约翰后，摇起了尾巴。

狗的脸上清晰可见一副内疚的神情。约翰狠了狠心。见到咬死羊的狗就得捕杀，这是优秀公民应尽的义务。约翰在那一刻之前还从未想过公民的义务。突然间他心中满怀公民的义务感。他朝狗开了枪。他把双管猎枪两个枪管的子弹都打了出去[1]。第一枪把狗打瘸了，狗疼得朝他哀嚎，但第二枪就结果了它的性命。

看着它死去，他心里有一种古怪的满足感。约翰为这种感觉而感到羞耻。

他既感到羞耻，又感到高兴。他为找到狗要攻击羊的借口而感到非常开心。当然，他也不能百分百确定狗会不会那样去做。没人知道是他杀了狗。他没有告诉过任何人。狗随后被人发现横尸在田野里。田野里还放着羊……这么说吧，阿尔弗雷德已经和狗分不开了，整个人都崩溃了。

---

1　双管枪一般配有两个扳机，连接着两个击锤，可选择同时发射双枪管里的子弹，也可选择先后发射。

但是，这倒不是因为阿尔弗雷德是个特别重感情的人——约翰是知道这一点的。他只是在戳他的痛处。

他很爱这条狗，因为他打心里知道约翰起初并不打算把狗送给他。他就是那样的人。

约翰不是那样的人。他记得阿尔弗雷德的礼物。这其实是他叔叔给的礼物。约翰不久之后就把那只手表弄丢了。手表是从他口袋里滑掉的。表链并没有挂紧。好吧，这表不值什么钱。

约翰本可以把这块手表保留好，这样等阿尔弗雷德来的时候，时不时地还能把它从口袋里拿出来。两个男孩谁都不想给对方送礼物。但他们不得不送。家人逼的。

把手表就这样从口袋里拿出来会让阿尔弗雷德害臊的。

约翰曾一度觉得，丢了那只表之后，他就变得多少有些大度起来。但是，他从未夸耀过自己的大度。

他知道阿尔弗雷德不是一个大度的人。约翰在圣诞节给了他那条小狗之后，它就生病了。要不是阿尔弗雷德对它无微不至的照顾，它很可能就死了。他甚至带它去看了兽医。"这还是能看出某些人的内在的。"约翰对自己说道。

两个男孩就在一个小镇上长大，其间从未动手打过架。他们随后离开了镇子，读了不同的大学。步入社会之后，又去了不同的城市。

他们依旧互相憎恨。他们长大之后，不得不与对方联系——因为双方家庭的缘故——两人总刻意表现得很客套。

每当约翰往前迈一步——比如，他在国会上任时——阿尔弗雷德就会写信祝贺他。当阿尔弗雷德身上发生好事儿时，约翰也会这样做。两人都要娶妻了，但谁都不愿去参加对方的婚礼。

当时，两人的身体都有些不舒服。这是一个巧合。约翰总为他自己领先一步而感到高兴。他曾对自己说，如果他先结了婚且阿尔弗雷德病了，那么等到阿尔弗雷德结婚时，他就得从病榻上爬起来去参加他的婚礼了。

"我绝对不会让他知道我病得有多重。或者，至少我得找别的借口。"

这就是问题所在。两个人从未让对方知晓自己的想法。

年龄越来越大之后，知晓对方想法就越发艰难了。两人多年未曾通信。

随后，阿尔弗雷德来拜访约翰了。约翰的房子就在芝加哥的郊区，而那时阿尔弗雷德刚好在城里出差。

他原本只想顺道来约翰家拜访一下，但约翰执意让他留下。

他越是恨阿尔弗雷德，让他留下的心就越恳切。因为他心怀内疚。他恨自己曾是那样一个傻子。

刚好，约翰的妻子对他的堂兄阿尔弗雷德也有好感。有时两人在一起一坐就是好几个小时。两人都对音乐感兴趣。约翰却不喜欢音乐。他的妻子会弹钢琴。有时会为阿尔弗雷德整夜弹奏曲子。她会先弹奏一会儿，随后就与阿尔弗雷德交谈起来。当阿尔弗雷德的妻子从欧洲回来之后，约翰的妻子说，他们可以来这里长住一段时间，还可以把女儿也带来。

约翰和妻子没有孩子。

当他听到妻子邀请别人一家做客后，约翰退缩了。他非常清楚阿尔弗雷德的女儿一定是个放荡、粗俗的女孩。

约翰坐在椅子里读书，而阿尔弗雷德和他妻子则待在另一个房间里，约翰握紧了双拳。他对阿尔弗雷德的恨意有时会逗乐他。这一点是没有道理的。"这就是傻。"他对自己说。

到了晚上，约翰的妻子不在家，这两个男人一起待在房子的走廊里。他们一个小时前吃了晚饭。阿尔弗雷德的拜访就要结束了。他打算两三天之后就回去。

他谈起了落日很美，约翰点了点头。

他们随后陷入了沉默。沉默持续了很长一段时间。气氛变得沉重起来。

"我们出去走走吧。"阿尔弗雷德说。

约翰不想去。他不知道除了这样还能做什么。他的妻子今晚去某个女性俱乐部聚会了。她整晚都会待在那里。他讨厌女性俱乐部。

约翰家的房子坐落在面朝一片湖的断崖上。院墙外面就是可以走到河滩的一段台阶。

两个男人拾级而下。那是一个夏夜，年轻的男女在湖里洗澡。

约翰和阿尔弗雷德都没有和对方说话，来到河滩上时，两人依旧保持沉默。分秒度成了小时。

好吧，也没有这么难熬。两个男人都能忍受。

这是他们唯一能忍受的。他们沿着河滩走了一会儿，随后坐在了沙滩上。

时间一分一秒过去了。两个男人都对自己说起了一样的话。"我就是个不折不扣的傻瓜。我边上可是我的堂兄弟。他人很好。他有什么问题？我还是这样说吧，'我有什么问题？'"

他们真想干上一架。这是个古怪的念头。他们小的时候就该干上一架。现在他们都是五十岁的人了，都成了体面的人。不久之后，河滩上的年轻人都走了。只剩下他俩了。

约翰站起身来，阿尔弗雷德也跟着站了起来。沙子或许有些滑。他靠在了约翰身上。

约翰粗暴地把他推开，将他推倒在地。他不是故意的。他就是这样做了。他的手不听使唤。

当然，阿尔弗雷德并不知道约翰的举动是没有预谋的。他的判断力不足以这样去想问题。一个科学家没必要和律师那样去动用判断力。他只需倒弄一些化学物质和各种事物就行了。

一个人的手滑了，然后事情就发生了。这事儿很容易遭到误解。就如同事后约翰对自己说的那样，阿尔弗雷德就是那样的人。他不会谅解的。

说到底，这就是他的问题。这就是约翰憎恨他的原因。

阿尔弗雷德从沙滩上一跃而起，朝约翰打了过去。约翰当然也还了手。黑暗中，河滩上爆发了一场打斗。

两人都过了打架的年龄。两人嘟哝了好久。约翰被打成了熊猫眼。阿尔弗雷德的鼻子则被他打出了血。他还把阿尔弗雷德的衣服扯烂了。

好在边上没有别人。两人都是各自城市里健身俱乐部的会员。他们都看过拳击赛。他们都想按路数来。随后，两人都为自己给对方挂的彩而大笑起来。

他们不能再打下去了。两人很快就得收手，因为两人都上气不接下气了。

他们就和没有动手前一样。一切都没有改变。他们打了一架，但什么都没有解决。

他们沿着阶梯回到了约翰家里，其间没有一人说话。随后阿尔弗雷德回到了他的房间，换了衣服。他把行李收拾好，随后拿起电话叫了一辆出租车。

他试图冷静下来。约翰觉得他是装的。

阿尔弗雷德下楼时，约翰正在盥洗室里清理眼睛。他往眼睛上泼了点儿凉水。阿尔弗雷德喊了他一声，他不得不迎上去。两人不得已微笑起来。

不过，他们依旧会憎恶对方。每个人都在嘲笑对方。

阿尔弗雷德提议说，"你告诉你妻子，"他说，"我接到了电报，所以得不辞而别了。"

他说"你妻子"这三个字的语气让约翰怒火中烧。好像如她这样的好女人阿尔弗雷德随便都能遇到似的。而他却假装喜欢约翰的妻子。真是个卑鄙的人。

随后，几乎就在那一刻，出租车来了，阿尔弗雷德就这样离开了。

家里看上去没有发生过什么。当然，约翰可以编一个故事来解释他眼睛的情况。他妻子回家后，他说他和阿尔弗雷德——他的堂兄——一起走下阶梯去了河滩。他们走回来的时候，他摔了一跤，摔坏了眼睛。"你就是会这样摔跤的人。"他妻子说道。随后他说起了阿尔弗雷德收到了电报，不得不离开。他得去赶火车。

约翰的妻子有些崩溃。她说她渐渐喜欢上了阿尔弗雷德。"我希望我也有这样一个堂兄。"她说。

她说当阿尔弗雷德的妻子和女儿从欧洲回来后，要是能让他们来这里长住一段时间就好了。

"是的。"约翰说。尽管眼睛红肿着，但他心里高兴，说什么都能答应下来。他随后一逮到机会就从妻子身边溜走了，去房子周边散步了。

他觉得自打阿尔弗雷德走之后，房间里沁入肺部的空气都变得好多了。

至于那场打斗，他确定自己肯定占了上风。当然，阿尔弗雷德没有被打成熊猫眼，但是约翰往他身上揍了好几记重拳。

"第二天一早他肯定会浑身酸疼的。"他这么想着，感到心满意足。至于邀请他们家来做客，好吧，就算他们来了，他们也不会待很久的。阿尔弗雷德肯定有足够的自知之明，不会上这里来的。

　　不过，约翰还有一些迟疑。阿尔弗雷德或许会带着妻子和女儿来报复他的。

　　他的妻子或许会喜欢上约翰的妻子。

　　约翰自己说不定也会喜欢阿尔弗雷德的女儿。他喜欢年轻的小女孩。这种念头让他又痛苦起来。

　　"那样的话，事情就会变得一团糟了，现在难道不糟吗？"

　　似乎阿尔弗雷德就有一个魅力十足的妻子和女儿。他肯定会来炫耀一番，以此来让他相信他本人很优秀。

　　约翰认为他的堂兄阿尔弗雷德从来都不是一个优秀的人。他希望打在阿尔弗雷德身上的几记重拳可以让他第二天一早在火车上酸得厉害，这样他就无法从铺位上起身了。

# 宛若女王

关于美，人们说法不一，但无人可以定义。它依附在某些人身上。

若说女人之间的美……身材才是重要的，当然，脸庞、嘴唇、眼睛也重要。

头落在肩膀上的姿态。

一个女人穿屋而过的仪态能说明一切。

我本人就在最意想不到的地方遇见过美。发生在我身上的事儿也会发生在其他许多男人身上。

我记得之前在芝加哥有个朋友。他遇到了某件令他精神崩溃的事儿，随后去了密苏里——我想，他是去了欧扎克山脉。

有一天他正走在一条山间小道上，路过了一个小屋。那是一个破败的地方，院子里有一条瘦弱的狗。

那里有一群脏兮兮的孩子，还有一个邋遢的女人和一个年轻的姑娘。年轻的姑娘从小屋里出来，往院子里堆着的柴火走去。

她用手臂抱起柴火后，正朝房子走去。

我朋友站在路上。他抬头看到了她。

一定有什么东西起了作用——时间、地点、那人的心绪。

十年之后，他依旧会谈起那个女人，谈起她的非凡之美。

还有另一个男人。他来自伊利诺伊州中部，自小在农场里长大。随后他去了芝加哥，在那里成了一名成功的律师。

他当时已是一大家子里的父亲。

他还是个孩子时，曾遇到过一队贩马人打农场边过，其中就跟着他这一生见过的最美的女人。在他喝醉的那晚，他向我说起了所有在夜晚做过的梦，那是男人都会做的有关女人的梦，而他的梦总与她有关。他说他觉得是她走路的姿态让他着了迷。最古怪的部分在于她有一双青肿的眼睛。

或许，他说她就是其中一个贩马之人的妻子或情人。

那是寒冷的一天，而她光着脚。路泥泞不堪。贩马人赶着一辆由好多匹瘦骨嶙峋的马拉着的货车，从那个年轻人干活的田野旁经过。他们没有对他说话。你知道那样的人盯着人看的眼神是怎样的。

她沿路独自走着。

或许这是那人一生中又一个罕见的时刻。

他手上拿着某种工具，那是一把砍玉米的刀，他说。那个女人朝他看了一眼。贩马人回头看了他一眼。他们笑了起来。砍玉米的刀从他手上掉落了。女人一定知道该在何时留下倩影。

三十年之后，她的倩影依旧浮现在他脑海。

所有这些让我想起了爱丽丝。

爱丽丝以前总说，人生的问题就在于该如何度过她所谓的"中间时刻"。

我不知道爱丽丝现在在哪儿。她是个壮实的女子，曾是一名歌手。后来她失了声。

我认识她时，她红红的脸颊上布满了蓝色的血管，并留着灰色的短发。她是那类永远无法拉起长筒袜的女人。

袜子总会掉到她的鞋子上。

她长着粗壮的腿，宽宽的肩膀，越老越像男人。

这样的女人能从容应对生活。她一度是个有些名气的歌手，赚了一大笔钱。她可以无所顾忌地花钱。

首先，她认识很多非常有钱的人，诸如银行家之类。

这些有钱人接受了她关于他们儿女的建议。其中一个有钱人的儿子就惹上了麻烦。是这样的，他与某个女人，一个女仆或用人搞在了一起。那个有钱人就去请爱丽丝来。有钱人的儿子非常气愤，也很决绝。

那个女孩或许没什么问题，但随后又一次……

爱丽丝站在了女孩这一边。"现在，你听好了。"她对银行家说，"你不了解这些人。那些乐意了解人的人并不会像你这般有钱。"

"你也不了解你的儿子。他卷入了这起风流韵事。他最美好的感受可能就渗透进了这件事中。"

爱丽丝就这样把这个银行家，或许还有他妻子的念想全都打消了。"你们这些人呐。"她边笑边说。

当然，银行家的儿子是不成熟的。爱丽丝似乎真的对人很了解。她拉起那个男孩的手——去见那个女孩。

她曾有过十几次类似的经历。首先，这个男孩并不会生来就是傻子。富人家的孩子，只要遇上有价值的东西，他们就会像其他年轻男子一样经历绝望期。随后他们就去上大学，读书。

这些人的家庭生活或许非常糟糕。爱丽丝对这一切心知肚明。富人或许在外面有情人——男孩的母亲或许也有个情人。这样的事屡见不鲜。

尽管如此，这些人都不算那么坏。富人各有不同，就如同穷人和中产阶级的人不尽相同一样。

在我俩成为朋友之后，爱丽丝曾向我解释过很多事。那时，我总愁钱不够花。她笑话我说："你把钱看得太重了。"

"钱只不过是表达权力的方式而已，"她说，"富人是懂这个道理的。他们之所以能赚钱，赚大笔的钱，那是因为他们根本不怕钱。

"穷人或中产阶级会羞怯地去找银行家。这永远行不通。

"你自身如果有某种权力就得展现出来。让人们对你擅长的领域望而却步。比如，你能写作。那个有钱人就不会写。你就得毫无顾忌地培养你的权力。你得相信自己。如果有必要，就得让人对你产生一点畏惧感，你就得这么做。你能这样做，也就是说，你能表达自己，这一事实会让他觉得你很陌生。假设你能揭示他的生活。大多数有钱人都有腐败的一面，都有软弱的一面。

"还有，千万别忘了，他也有好的一面。

"如果你愿意，你可以像理解一个傻子一样去理解那样的人——我指带上各类先入为主的印象。你可以揭露他的腐败，勾勒一副扭曲之态，让他的虚荣心扫地。

"比如，穷人、小商人或律师。这样的人是不会像有钱人那样对女人产生诱惑力的。有许多投怀送抱的女人——有些女人的外表长得还很漂亮。

"穷人或中产阶级的人都会因为腐败的生活而谴责富人，

但是他们身上难道就没有腐败的一面吗？

"他内心藏着怎样的隐秘欲望，在一张温和、平凡的脸皮下，蕴藏着怎样的贪婪呢？"

在富人的儿子与那个女人的风流韵事中，爱丽丝某种程度上来说确实设法揭穿了真相。

我料想，在类似的事件中，她想当然地认为人们总体要比别人或者他们自认为的要好。她让这种认识看起来比你想得还要合情合理。

或许爱丽丝真的很有脑子。我觉得我很少遇到过这样的人。

大多数人都如此片面，如此世故。他们能赚钱，能打职业拳击赛，能画画，抑或他们是那种外表非常迷人，可以得到能牢牢拴住男人心的美女。

或者，他们只是傻子。这世上处处都有傻子。

爱丽丝将傻子排除在外，她不会浪费时间与傻子为伍。她会像寒风一样冷酷。

她想要钱的时候就能赚到。她有许多豪宅，可以轮着住。

有一次，她给了我一千美元。我当时住在纽约并破了产。有一天，我正走在第五大道上。当一个作家写不出东西时，他的境遇你是知道的。我已经几个月没写出东西来了。我的钱花完了。写出的一切都丢弃了。

我慢慢变得邋遢起来。头发渐长，日渐消瘦。

我写不出东西时曾有多次想过自杀。每个作家都经历过这样的时刻。

爱丽丝带我去见一个待在办公楼里的男人。"给这人一千美元。"

"你说什么胡话，爱丽丝？凭什么？"

"就凭这话是我说的。他能写东西，就如同你能赚钱一样。他有才华。但他现在泄了气，穷得叮当响。他失去了对生活、对自己的尊严。你看，这个贫穷的傻瓜的嘴唇正在颤抖。"

说得没错，我当时的境遇很糟。

我心中涌起了对爱丽丝的强烈爱意。如此了不起的女人！她对我来说就是个美人。

她当时正在和那人交谈。

"我对你的价值就体现在时不时地对你做一点儿类似的事情。"

"什么事情？"

"告诉你去哪里花这一千元钱，以及怎么花、如何花得合理。"

"把钱给一个和你一样优秀，甚至比你还优秀的人。当他处于低谷——当他的自尊降低的时候。"

爱丽丝来自田纳西州东部的山区。这一点你或许不会相信。二十四岁时，她步入了歌手生涯的顶峰，她那时看上去挺高挑的。我之所以说起这些，是因为我认识她的时候，她看上去矮小——且厚实。

我曾看过她年轻时的一张照片。

照片上的她一半粗俗，一半可爱。

她是一个擅长唱歌的山区女人。有一个老人，他曾是她的情人，告诉我说，她在二十四岁到三十岁这段时间里，宛若一个女王。

"她走起路来就像个女王。"他说。她穿屋而过或走过舞台的姿态令人难忘。

她有过情人，那段时间里有十几个情人。

随后她经历了不测——两年时间里，她嗜酒、赌博。

她的生活显然已毫无是处，她试图将一切抛弃。

但是，自信的人是会让别人有所信的。那些曾陪在爱丽丝身边的情人从未忘记过她。他们从未放弃过她。

他们说她曾给予过他们某些东西。我认识她时，她已经六十岁了。

她曾带我登上阿迪朗达克山。我们一起坐在一辆由黑人司机驾驶的大车上，随后来到一间类似宫殿的房子前。我们花了两天的时间才到那里。

整块地方属于一个有钱人。

就在那时，爱丽丝说她过得不景气。"我曾在你不景气的时候给过你一些东西，现在轮到你给我了。"她在纽约遇到我时这样说。

她说的不景气与钱无关。她说的不景气是精神上的。

于是，我们就在那所大房子里一起待了一阵子。房子里配有仆人。显然有人供养着他们。至于怎样供养的，我就不得而知了。

我们在那里待了一个礼拜，在此期间爱丽丝一言不发。有一天晚上，我们一起出去散步。

这是一座荒芜的乡村。房子前有一片湖，屋后是一座山。那是一个寒冷的夜晚，天空清朗，明月当空，我们走在乡间的道路上。

随后，我们爬上了山。我还记得爱丽丝那条粗腿，丝袜一直在往下掉。

她动不动就会喘粗气。她不断停下来大口喘气。

我们就像那样犁开沉默前进。爱丽丝，就她本人而言，是很少沉默的。

　　我们在开口说话前就这样一言不发地登上了山顶。

　　随后她谈起了她说的不景气是指什么，又说起它是如何侵蚀——击垮——人们的。房子变得萧瑟，人变得消沉，生活毫无生气。"你认为我是个有胆量的人，"她说，"这简直是一派胡言。我的胆量还没有一只老鼠大。"

　　我们一起坐在一块石头上，她开始聊起她的一生。这是由一个老妇人用一种略微颤抖的方式讲出的一个极其复杂的故事。

　　整件事情就是这样。她是一个来自田纳西州山区的小姑娘，随后来到了田纳西州的纳什维尔市。她在那里与一位歌唱大师交往，大师知道她能唱。"这么说吧，我把他当成了情人。他并没有那么坏。"

　　那人在她身上花了钱，他引起了纳什维尔的某个有钱人的兴趣。

　　那个人或许也是她的情人。爱丽丝没有说。她有很多情人。

　　她爱上了其中一个情人——他的财富比其他人都要少。

　　她说他是一个年轻诗人。他心术不正。他偷过东西。

那时她年过三十，而他才二十五。她爱他昏了头，她说，当然也失去了他。

就在那之后，她开始酗酒、赌博，随后破了产。她宣称她之所以会失去他是因为她太爱他了。

"但他有什么好的？你会如此爱那样一个人？"

她不知道原因。事情就是这样发生了。

或许是那种经历诱惑了她。

但是，我谈的是人们身上的美，这是多么古怪的一样东西，它凭空出现，又凭空消失，随后又再度浮现。

那一晚，我在爱丽丝身上瞥见了美。

那是在我们下山走回房子的路上。

我们当时走在山边，结实的爱丽丝走在前面。我们先走过一条泥泞的岔路，随后穿过一片树林，接着来到一块空地。

月光照在空地上，我站在林子里，就站在落在后面几步远的漆黑林子里。

她走在我前面，穿过空地，那一刻我发现了美。

这种美转瞬即逝。我想起了爱丽丝所认识的一切有钱有势的人，他们给她钱，在她需要帮助的时候给予她帮助，他们也从她身上得到了很多，一定也曾看到了我现在看到的东西。这种东西一个人曾在山边的小屋里看到过，另一个人则在路边，从贩马人的女人身上看到过。

爱丽丝说，她经历的其实也并不算不景气。爱丽丝只是在试图抹去一段无果的爱情的记忆。

她宛若女王般穿过岔路边这块洒满月光的空地，就如同她昔日的情人口中她穿屋而过或走过舞台时的姿态一样。

那一刻，她身上彰显着儿时孕育她的山脉，还有当时的月光和夜晚。

那一刻，我爱上了她，疯狂地爱上了她。

是否有谁的爱比这还要长久？

爱丽丝轻轻摇了摇头。或许是月光制造的幻觉。她的步子拉长了，她成了一个高挑、年轻的人。我记得当时我站在树林里，驻足观望。我成了先前说到过的那两个男人。

我手中拿着手杖，它跌落在地。我就像那个站在路边的男人，也像另一个站在田野里的男人。

# 世　故

　　朗曼是我六个月或许是八个月之前在巴黎遇到的一个男人。他和妻子住在拉斯帕伊大道的一间公寓里。要去这间公寓得费点儿力气。那里没有电梯。

　　我不确定是在哪里遇见他的。或许是在 T 夫人的画廊吧。T 夫人是个美国女人。她来自印第安纳波利斯，也许是代顿市？

　　不管怎么说，据说她是西班牙诗人萨拉森的情人。许多人和我说起过这事儿。那时萨拉森已经是个老人了。

　　不过，谁是萨拉森？我之前从未听说过他。我对梅布尔·凯瑟斯说起过。梅布尔来自芝加哥。她听后愤愤不平。"你怎么能这么说？"她问道，"你又不认识这个西班牙人。"

　　这一点千真万确。我不认识他。

　　我觉得 T 夫人患了甲状腺肿大病。她在脖子上围了一条黄色的丝带。那一年夏天我都无所事事。那是和梅布尔待在一起的结果。身处 T 夫人的画室，我一直在想儿时在俄亥俄镇子上经常唱的一首歌：

> 她脖子上围着一条黄丝带。
>
> 她整日整夜围着它。
>
> 人们问她究竟为何。
>
> 她说为了一个远方的情人。

即便得了甲状腺肿大，但对 T 夫人这样的有钱人来说也不算事儿。她穿着精致的长袍。

有人说萨拉森老了之后，她就满怀爱意地对他照顾有加。这位文学巨匠已年老昏聩。我希望等我老时也有人这样对我。我对梅布尔说。我们一起住在同一个小酒店里。我推测梅布尔的丈夫就在芝加哥的家里。"但你又不是巨匠，也永远成为不了。"她微笑着说。她笑得很好看，以致我不在意她说了什么。

那段时间里，我脑子里还萦绕着另一首歌。它是这么唱的：

> 她整日待在那里。
>
> 我想知道她整晚待在何处。

这首歌我只记得这两句。

要想追踪梅布尔的轨迹是不可能的。她没日没夜地在巴黎各处跑。并且，她还不会说法语。她越来越有教养，越来越世故。这就是她的目标。这是她亲口对我说的。我喜欢梅布尔。

话虽如此，但我们还得说说我在T夫人的画室遇见亨利·朗曼的事儿。那间房子坐落于左岸。我已经忘了那条街的名字。我永远记不住法语名字。那里有一个庭院，就如同你们在新奥尔良的老房子里看到的那种一样。在新奥尔良，人们将它称为"露台庭院"。整个一楼都是画室。我第一次上这儿来是拉尔夫·库克带的。但你们不认识拉尔夫。好吧，不提也罢。

T夫人买了很多欧洲画家的画，这种画得花好多钱。塞尚啊，梵高啊之类的。我记得她买了很多莫奈的画。

库克也藏有一些莫奈的画。他是一个美国有钱人的儿子。

我觉得库克是在牛津大学读的书，并取得了学位。他毕业后带回来一个英国人。

这个英国人是那种面色红润、看上去挺健康的人。他总在笑。生活于他而言就是一场盛宴。他是一个英国爵爷的儿子，自己也有爵衔，但他压根不把它放在眼里。"你可千万别告诉别人。"当我发现这一点之后，他对我这样说。

他喜欢和美国人待在一起。他、库克、梅布尔和我一起去了 T 夫人的画室。许多人聚在楼下那间墙上挂满图画的大房间里。他们当中大多数都是男子气的女人和女子气的男人。那是一个谈论诗歌的午后。

透过一扇打开的窗户，我们朝屋外的一个小庭院望去。庭院的角落里有一个石头做的小建筑。上面栖息着一只石头做的鸽子。

有人告诉我们说那是爱神的庙宇。

那个英国人喜欢这个说法。这个理念让他感到高兴。他说他想带着库克和梅布尔一起去那里朝拜。"快点儿，"他小声说，"我们一起去那里跪拜吧。所有人都可以看到我们。我们可以宣布爱已经临在我们身上了。"

梅布尔说，爱可不是那种轻而易举就能求来的东西。她不喜欢这个英国人，随后把这一点说给了我听。"他对神圣的东西太过轻浮了。"她说。我觉得梅布尔哪一天也会成为 T 夫人这样的人。但她没有钱。

"什么爱不爱的？"库克咆哮道。他是一个高大、宽肩的年轻人，来自得克萨斯的某个地方。他在牛津大学时创下了一个纪录。

这个年轻的英国人也是一个学者。就一个学者而言，他在我看来太过不正经了，但是库克对我说他没问题。"他的思维有时会点亮牛津大学的整间教室。"库克说。

一天下午，我们去 T 夫人的画室时，那里正在举办某种仪式。一个女人站起身来念了一首诗。诗歌就那只鸽子大谈特谈，我对其中的象征主义并不特别理解。"鸽子是什么意思？"我问梅布尔，但她说不知道。我觉得她是因为所知不多而感到害羞了。库克事后对我说，在英国上层阶级中，类似的交谈可不少。"这么说吧，这就是一种世故，不是吗？这不就是你追求的吗？"我问梅布尔。她对我的询问不屑一顾。

库克带来的那个英国年轻人就此事对库克说了很多。他说，在牛津大学，就在他和库克相识之后，他们就经常散步谈论这事儿。

英国年轻人告诉库克说，他觉得之所以有这种想法是因为在一个地方生活太久了——英国人在英国、法国人在法国、德国人在德国都待得太久了。"俄国人和美国人依旧是原始人。"他说。这让梅布尔感到恼火。在我和梅布尔看来，库克的这番解释，对我们的祖国是一种污蔑。

英国人对库克说，欧洲人太累了。他对这样的人有这样一个想法——这么说吧，他们似乎相信如果能去一个新的地方，生活就会随之变得好起来。一群离开欧洲去往美国的人都是这样觉得的。美国人也总在搬家。梅布尔和我本人确实就是这样的人。

俄国人也是伟大的流浪者。他们相信可以通过新的政府组织形式来获得民族的救赎——"都是这样的废话。"英国人在与库克交谈时这样说道。你们理解了吧，这些都是梅布尔和我从库克嘴里听来的，他自从离开得克萨斯之后一定学到了不少东西。

年轻的英国人觉得美国人整体都是原始人。他们或许依旧相信政府。他们视头上的天堂是一个更为成功的美国，他是这样认为的。比如，他们对诸如禁酒令这样的东西抱有信念。

但事实不是这样的，就如同有时从表面来看，这仅仅是一种干涉他人生活的激情。但是，有一种根深蒂固、并且非常幼稚的信念认为，所有人都应得到拯救。

不过，"得到拯救"是什么意思？

"他们这么说就是字面意思。他们隐约觉得，会有一个优秀且强大的领导人降临，带领他们走出生活的荒芜。"

"就如同摩西带领以色列的子民走出埃及那样吗？"

"但他说的可不是犹太人。"梅布尔说。随后，她好几次说起，那是一个充满知性的午后。她说她觉得那个午后简直太棒了。我也一样，有许多——类似克拉夫特·埃宾式[1]的——谈话进入了我的脑海，但我知道梅布尔没有听懂。我们都错过了一些什么，我想，这是因为身处厌世的人群中，我们还不够厌世。

不过，我要谈的是亨利·朗曼，离题太远了。我现在要谈他了。

他来自俄亥俄州的克利夫兰。我们第一次见他，至少我第一次见他是那天下午在 T 夫人的画室里。他是那里的生面孔。首先，他是和妻子一起来的。这一举动本身，在那个地方，就是不常见的。

库克和那个英国年轻人似乎追着他一顿猛批。我之前已经说过了，他住在拉斯帕里大道，一个带有画室的公寓顶楼。

那是一幢六层楼高的建筑，要爬六层楼梯才能到达。

亨利的妻子是一个高大的金发女郎，而他是一个长着一张红扑扑、胖嘟嘟脸庞的高大男子。

库克似乎通过某种方式探听到了他的底细。

---

1　克拉夫特·埃宾（1840～1902）德国精神病学家。这里作者暗讽谈话就像精神病医生与精神病人之间展开的问诊。

他来自克利夫兰，在那里认识了他的妻子。他的父亲是那里的一个糖果制造商。

他的岳父也很有钱。

这两个当父亲的人曾是辛勤工作的年轻人，在美国这样的国家里蒸蒸日上。两人都发了财。

随后他们的儿女都渴望文化。这两个父亲一半为他们感到骄傲，一半又为此感到羞愧。那个女人在读大学时，获得了诗歌奖。一本上层社会的美国杂志发表了她写的诗歌。

随后，她就嫁给了那个年轻人，他是她父亲朋友的儿子。他们一起住在巴黎。他们筹办了一个沙龙。

他们住在一个没有安装电梯的楼房的顶层，因为这让他们看起来具有艺术气质。

他们这样做是想让法国人来他们住的地方，当然，法国人确实来了。为什么不呢？这里有的是吃的喝的。

朗曼和妻子都不怎么会说法语，程度就与我和梅布尔差不多。

他们不懂得说法语的窍门。

朗曼想让我们把他们都当成一个出自上流社会的英国人。

他隐晦地说他来自一个英国家庭，血统高贵，后来家道中落了，我猜是这样的。"这怎么可能——他这么有钱？"那个年轻的英国人问梅布尔，他，也就是那个英国年轻人，对梅布尔有些好感。"他认为你又原始又有趣。"我不断地对她说，我也知道该怎么粗俗地说话。朗曼的父亲给他寄了很多钱，而他妻子的父亲也会给她寄很多钱——钱就是这么来的——但他们却编造出一副看起来很穷的样子。"我们负债累累。"朗曼的妻子总这么说。

她这么说时，我们正在品尝法国最昂贵的葡萄酒。

他们身边总围着一群人——他们伺候人们吃，给他们倒酒。

葡萄酒端上来。随后打开，他给金发的妻子倒了一杯。她品尝第一口酒时，总会摆出一张不悦的面孔。"亨利，"她尖锐地对丈夫说，"我觉得这酒略微带有一点木塞味儿。"梅布尔觉得这是一个极好的技巧。这套说辞金发女郎把握得很好。她这么说时，丈夫急忙朝她跑去。我们当时是在一间供画家使用的大画室里。屋顶是玻璃做的。画室的角落里放着一个廉价的水槽，就和你们在美国小酒店里看到的那种一样。丈夫带着一脸惊恐的表情跑了过来，随后把酒倒入了水槽里。

昂贵的酒就这么倒了。我看到梅布尔直打哆嗦。"我猜梅布尔在家一定是个勤俭持家的好主妇。"库克小声对我说。

朗曼开口说话了。他想让人们觉得他来巴黎是为了执行某项重要任务，比如，为大英政府——为唐宁街办事。但他并没这么说。

他随后提到了一本书——这本书，听起来像是他正在写或者已经写完了一样。我并没有听清楚。他没有提到《我拿破仑一般的生涯》或《我在唐宁街的秘密生活》。他到底说了些什么？有一点是清晰的，也就是说，他写了好几部重要的作品。他似乎是一个作家，太过谦虚，所以没有直接提到他的作品。

我们日复一日，月复一月地都在干这事儿。

来自克利夫兰的美国人假装自己是个重要人物，客人们假装他们是重要人物。客人们假装自己来巴黎是有重要的缘由的。

一连串的谎言，人人都在对别人说谎。

为什么不呢？我和库克、梅布尔和那个年轻的英国人去过那儿几次。每一晚都会发生同样的事儿。

梅布尔、库克和我有时对那个年轻的英国人感到有些厌烦，而梅布尔把这一点对他说了。这对他和库克来说有些严厉了。库克得做决定了，究竟要和那个英国人在一起，还是与我们在一起。他选择了和我们在一起——当然，这是因为梅布尔。

他说梅布尔会把英国人从我们的圈子里赶出去，其方式看起来很有趣。我们确实组成了一个小圈子，这个圈子都住在我们那间便宜的左岸酒店里。库克搬到那里住了下来，我们结识了三四个人——当然，肯定都是男性。

我们常去朗曼那里。那里有好吃的食物和美酒，我们都喜欢听朗曼太太说葡萄酒有木塞味。我们到那里之后，她总在打开第一瓶酒，喝到第一口时这么说。每当有别人进来后，她就会再说一遍。梅布尔说她为美国有禁酒令而感到遗憾。她说，本来也可以在家乡给当地人也来上这么一出，可是代价太大了。

她说，她和我们所有人一样，来到欧洲，是为了变得世故，她认为她已经学会了。库克、我以及其他几个人都教会了她一点。

她说，问题在于她越世故，就越喜欢芝加哥。她觉得这几乎和待在芝加哥一样。在我们与四五个美国人——全都是男性——一起住在酒店之后，她就学会了那种世故。

"我原本可以给我丈夫省下这笔钱，这一整套世故的把戏，或我想要的一切，在芝加哥就能学到。"那个夏天，像这样的话她说过许多次。

# 在陌生小镇

　　一天早晨，某块陌生之地的一个乡村小镇。一切悄无声息。不，还是有响动的。声音在宣告自身。一个男孩在吹口哨。我身处此地，站在一个火车站里，可以听到口哨声。我远离家乡，来到陌生的地方。这里就没有寂静这种东西。我曾去过一个乡村，当时在一个朋友家里。"你看，这里一点儿声音也没有。一片寂静。"我朋友这样说是因为对这里的点点动静早已习以为常，虫子的鸣叫，遥远的滴水音，远处某人用机器切割干草发出的微弱的咔嗒声。他已适应了这些声音，所以听不到。而此刻，在我所处的这块地方，我可以听到一阵敲打声。某人在晾衣绳上挂了一块毯子，正拍打着。随后又传来一阵遥远的男孩的喊叫声——"啊吼，啊吼。"

　　你来到一个陌生的地方，随便走走是有好处的。这里有一条通往火车铁轨的街道。你带着行李下火车。两个脚夫为争夺你和你的行李而打起来，此情此景就如同你在自己的家乡，看到那里的脚夫对陌生人做的一样。

　　你站在车站里，一切应接不暇地映入眼帘。你看到通往车站的大街上，店门打开了。人们进进出出。

一个老人站住，朝这里张望。"为什么会有一班早班火车呢？"他的心在对他说。心总会对人这么述说。"看，得小心啊。"它在说。幻想总想游离出我们的身体。我们会加以制止。

我们大多数人过得就像蟾蜍，一动不动地在一片车前草叶下端坐着。我们静候一只苍蝇能飞过眼前。当苍蝇飞过，我们弹出飞镖一样的舌头将其捕获。

就是这样。我们将它吞食。

但是，有多少从未问起过的问题需要问出。苍蝇从何处飞来？它又要去往哪里？

苍蝇或许正飞去与爱侣相会。它被拦下：一只蜘蛛吃了它。

我乘坐的这趟火车是慢车，中途停过一段时间。好吧，我得去帝国大厦了。这么说好像我在乎似的。

我来的这个镇子——就这里——是个小镇。不管怎样，我在这里待得不太舒服。这里或许会配备廉价的铜床，就如同上次我像此番一样偶然经过的地方一样——床上或许还会有虫子。隔壁或许会住着一个大声嚷嚷的旅行推销员。他会与一个朋友，也就是另一个推销员交谈。"生意很差，"其中一个会说。"是的，都黄了。"

还会听到有关女人的窃窃私语——有些听得清，有些听不清。这种声音总让人恼火。

但是，我为何会在这个特殊的镇子下车呢？我记得有人告诉过我，说这里有一片湖——人们在那里钓鱼。我想我可以去钓鱼。

或许，我还想去游泳。我现在想起来了。

"脚夫，帝国大厦在哪里？哦，砖头搭建的那幢就是。好吧，去那里。我不久之后就会一个人了。你让酒店服务员给我留一间房，如果他们还有房间的话，带浴室的最好。"

我记得当时我在想什么。自从那件事发生之后，我在随后的日子里都在像这样游荡。一个男人有时会想要一个人待着。

独自一人并不意味着要待在无人的地方。它意味着身处人人皆陌生的地方。

那里有个女人在哭。那个女人，她正在老去。好吧，我自己也不再年轻了。她的双眼满是疲倦。她身边有个年轻一点儿的女人。这个年轻一点儿的女人总有一天会长得和她妈妈一模一样。

她会有同样承受一切、顺从天命的眼神。现在鼓起的皮肤会耷拉下来。这个母亲长着一只大鼻子，女儿也一样。

她俩身边还跟着一个男人。他胖胖的，脸上布满红色的血管。出于某种原因，我觉得他一定是个屠夫。

他有屠夫一样的手，长着屠夫一样的双眼。

我十分确定他是那个女人的哥哥。她丈夫死了。他们把一口棺材抬上了火车。

他们都是无足轻重的人。人们会毫不留意地经过他们。在他们身陷悲痛之时，没有人会陪他们来车站。我不知道他们是否住在这里。是的，他们当然是本地人。他们住在镇子边缘，抑或镇子外某处的一个相当破败狭小的房子里。你看，那个哥哥并不愿意和那位母亲和女儿一起上车。他是来送行的。

他们送这具尸体要去别的镇子，她的丈夫，那个死去的人，生前曾住在那里。

那个屠夫模样的人挽着妹妹的胳膊。这是一种温柔的姿势。这样的人只有在某个家人去世时才会做出这样的姿势。

阳光灿烂。列车检票员正沿着月台走动，并与站长交谈。他们说着小笑话，大声笑着。

检票员是一个欢乐的人。他在说话时，双眼闪着光。他沿途与每一个站长、每一个电报员、每一个行李员和快递员都说小笑话。运客列车上总有各种各样的检票员。

你看，人们经过死了丈夫、正把他送到某处入土为安的那个女人。他们收起了笑话，收起了笑容。他们变得一言不发。

身穿黑衣的那个女人和她的女儿、那个胖乎乎的哥哥铺设出一条安静的小路。这条安静的小路始于他们家的房子，然后一路跟随他们，沿着街道铺到火车站，随后还会和他们一起上火车，铺到他们要去的那个镇上。他们是无足轻重的人，但他们突然变得重要起来。

他们是死亡的象征。死亡是一个重要且威严的东西，不是吗？

当你待在此地，待在这样一个陌生的地方，身旁都是陌生人，参透人生是多么容易！一切都与你曾经待过的小镇多么相似。生活是由一系列细微的机缘所组成的。它们重复着自己，在镇子的每一个地方，在城市里，在一切乡村里一遍又一遍重复。

它们是无尽的多样性。当我去年待在巴黎时，我曾去过卢浮宫。男男女女都在那里，照着挂在墙上的昔日大师的画作临摹。他们都是专业的临摹画家。

他们尽心费力地工作着，每个人都受过训练，要准确无误地进行临摹。

但是，没有一个人能临摹到位。没人能复制原作。

世上没有两种生活经历，其细微的机缘是一模一样的。

你看，我现在已经住进这座陌生小镇的酒店房间了。这是一间乡镇酒店。屋子里飞着苍蝇。一只苍蝇落在这张纸上，我在这张纸上写下了这些想法。我停下笔，盯着这只苍蝇看。世上一定有数以亿计的苍蝇，但是，我敢说，没有两只是相同的。

它们的生活机缘也不可能一样。

我想我离开家乡出门旅行，就像现在这样，一定是有原因的。

在家乡时，我们都住在某个固定的房子里。那里有我的产业、仆人，以及家人。我在家乡的镇子上是个哲学教授，无论在小镇还是在学校里，都有一定的地位。

晚上有交谈，有音乐，人们纷至沓来。

我自己会先去某个办公室，随后去上课的教室，去那里见见学生。

我知道某些东西依旧不够。

我的思想、我的幻想，在看到他们时变得迟钝。

我懂得已经很多，但依旧不够。

这就像我住的那条街上的房子。在那条街上——在我的家乡——那是一幢特殊的房子，我曾对它充满了好奇。不知怎么的，住在那里面的人都像是隐士。他们深居简出，甚至几乎从未走出过院子，走到街上。

好吧，这都是怎么回事呢？

我燃起了好奇心。这就是所有原因。

我经过那间屋子时，心里曾涌动着奇怪的想法。我已经发现了很多东西。有一个留着胡子的老人和一个白脸的女人住在那里。那里围着很高的篱笆，有一次我还朝里面望过。我看到老人在树下的一块草地上紧张地踱步。他将双手合上又打开，嘴还在嘟哝着。那幢神秘房子的所有门窗都关着。在我朝里面窥视时，那个白脸的老妇人把门打开了一条缝，朝外看了看那个男人。随后门又关上了。她对他什么也没说。她看着他时，眼神中流露的是爱意还是恐惧？我该怎么知道呢？我不明白。

还有一次，我听到了一个年轻女人的声音，尽管我从未在那里看到过年轻女人。那是在晚上，那个女人在唱歌——那是一个非常甜美的年轻女人的声音。

你懂了吧。这就是全部。生活要比人们料想得还要丰富。它由古怪的小碎片组成。这就是我们知道的全部。我曾神采奕奕，充满好奇地走过那个地方。我享受这个过程。我的心会为之跳得略快一些。

我听到的声音越清晰，感受到的东西就越多。

我当时非常好奇，所以向那条街上的朋友打听屋里的人。

"他们都是怪人。"人们说。

好吧，谁又不是怪人呢？

关键在于我的好奇心逐渐消失了。我接受了那个房间里的人的古怪。它逐渐成了我所处的那条街上的生活的一部分。我逐渐对它熟视无睹起来。

我开始对我家的生活、对我所处的街道、对我学生的生活熟视无睹起来。

"我在哪里？我是谁？我从哪里来？"谁还会问自己这些问题？

而那个我看到的女人，她当时正在把死去的丈夫抬上火车。我在进入这家酒店，走进这个房间（完完全全是一个普通酒店的房间）之前才见到她，但现在我坐在这里想着她。我重构了她的生活，想象着与她一起共度她的余生。

我经常这样做，独自一人前往陌生的地方。"你要去哪里？"我妻子问我。"我要去洗个澡。"我说。

我妻子认为我也有些古怪，但是她已经习惯了。谢天谢地，她是个有耐心、脾气好的女人。

"我要在一无所知的人们的生活中洗涤自己。"

我会坐在这个酒店里，直到厌倦为止，随后我会走在陌生的街上，看陌生的房子、陌生的面孔。人们会看到我。

他是谁？

他是个陌生人。

这很棒。我喜欢那样。偶尔成为陌生人，来到一个陌生的地方，无所事事，只在那儿走走，想想事儿，洗涤自我。

也给别人、给陌生地方的人们带去一点心跳——因为我是某种陌生的东西。

有一次，我还年轻时，我曾试着与一个女孩搭讪。身处陌生的地方，我想要通过与她在一起，让我获得心跳。

现在，我不会那样做了。这倒不是因为——如常言所说——我对妻子百分百的忠心，只能说，我对陌生而具有吸引力的女人不感兴趣。

这是因为别的事情。这或许是因为与妻子在一起让我觉得很脏，于是我来到此地，来到这个陌生的地方，在陌生的生活中洗涤自我，随后才能变得干净，再度焕发活力。

我就这样走在一个陌生之地的大街上。我做梦。我任由幻想驰骋。

我已经走到街上，走进了这个镇上的某些街道逛了起来。我心中冒出了一些新的幻想，它们聚集在一些陌生人周围，我是一个陌生人，慢悠悠地逛着，手里拿着手杖，有时停下来朝店铺望去，有时朝房子和花园望去，你看，我从别人身上得到了一种别人从我身上得到的一样的感受。

我喜欢那样。今晚，在镇上的某间房子里，人们会议论纷纷。

"那里有个陌生人。他行事古怪。我不知道他是谁。"

"他看上去如何？"

人们也想深入研究我，也想描述我。别人脑中勾勒出了一幅幅的图景。一小串思绪，一小串幻想，在他人头脑中浮现，也在我头脑中浮现。

我在这座陌生之地的酒店房间里坐着，感受到了古怪的焕然一新。我在这里已经睡过一觉。我睡得很甜。现在是早上，万物依旧。我想说，今日的某一刻，我会赶上另一班火车回家。

但现在，我想起了一些事情。

昨天，在这座镇子里，我在一家理发店里理了发。我讨厌剪头发。

"我待在陌生的镇子里，无所事事，要不就去剪个头发吧。"我走进理发店时这样对自己说。

一个男人给我剃了头。"一周前下过雨。"他说。"是的。"我说。这就是我俩之间交谈的全部内容。

但是，理发店里还有别人在交谈，交谈声此起彼伏。

有个曾经来过这个镇子的男人开了很多空头支票，其中有一张十美元的支票还是开给理发店里的其中一位理发师的。

那个开空头支票的人是个陌生人，像我一样。人们对他议论纷纷。

有一个长得像库里奇总统的人走进来剪头发。

还有另一个人进来刮胡子。他是一个脸颊凹陷的老男人，出于某种原因看起来像个水手。我敢说，他就是个农民。镇子并不靠海。

人们在理发店侃侃而谈，话题接连不断。

我出门后，沉思起来。

这么说吧，我的情况是这样的。就在刚刚，我说起我养成了一个习惯，会像这样突然去某个陌生地方。"自那件事之后，我就一直这样。"我说。我用的表达方式是，"自那件事情之后"。

那么，发生了什么呢？

也没什么。

一个女孩被杀了。她被一辆车撞了。她是我班上的一个女学生。

她对我而言没什么特别的。她就是我班上一个普普通通的女孩——其实算是一个女人。她被撞时，我已经结婚了。

她以前会来我的房间，来到我的办公室。我们会坐在那里聊天。

我们会坐在那里聊我上课说过的内容。

"你是这样想的？"

"不，不完全是。而是这样的。"

我料想你是知道哲学家是怎样交谈的。我们自有一套说辞。我时常觉得所谈的大部分都是无稽之谈。

我会和那个女孩——那个女人——先挑起话题，随后不断往下说。

她长着灰色的眼睛。她脸上有一种可爱的严肃表情。

你知道吗？有时，当我和她说起那些时（至于内容，我确定，全是无稽之谈），这么说吧，我会想……

她的眼睛在我和她交谈时有时会变大。我有一种感觉，她并没听懂我说的。

我并不在意。

我为了说话而说话。

当我们就这样在学校大楼里我的办公室里交谈时，有时会迎来古怪的沉默。

不，也不是沉默。周围还有响声。

学校大楼里的隔壁房间里，有人在走廊上走动。有一次，当我们陷入沉默时，我数了数那人走的步数。二十六、二十七、二十八。

我盯着那个女孩看——她也盯着我看。

你看，我是一个比她年龄大的男人。我结婚了。

我不是很有魅力的男人。但是，我的确觉得她长得很美。她身边有很多年轻的追求者。

我现在想起来，她就这样和我待着——在她离开后——我会好几个小时独自坐在办公室里，就如同现在我坐在陌生的镇子里这家酒店房间里一样。

我坐在那里什么也不想。声音传入我的耳朵。我想起了童年的事儿。

我想起了我的恋爱、我的婚姻。我像那样默默无声坐着，一坐就是很久。

我一言不发，但与此同时，我比以往更能体察事物。

就在那段时间里，我在妻子心中成了一个有些古怪的人。我有时会在和那个女孩、那个女人，默默端坐之后回家，回到家中之后，我会更沉默，更一言不发。

"你为什么不说点儿什么？"妻子问我。

"我在思考。"我说。

我想让她相信，我在思考工作的事儿，思考我的研究。或许是这样的。

好吧，说说那个女孩，那个女人被撞死的事儿。一辆车在她过马路时撞死了她。人们说她当时走了神——她就这么径直走到了车前。我当时在办公室里，坐在那里。一个男人、另一个教授走进来对我说："当人们把扶起来的时候，她已经无法抢救了，无法抢救了。"

"好的。"我敢说，他觉得我是一个非常冷漠、非常没有同情心的人——一个学者，呃，没心没肺。

"这不是司机的过错。他是无责的。"

"她就这么走到车前的？"

"是的。"

我记得那一刻我正用手指触碰铅笔尖。我没有离开那里。我一定在那里又坐了两三个小时。

我出门散步。我在散步时看到了一辆火车。我上了车。

随后，我打电话给妻子。我不记得那时我对她说了什么。

她没感到什么不对。我编造了一些借口。她是个有耐心、脾气好的女人。我们有四个孩子。我敢说，她的心思完全扑在孩子身上。

我来到一个陌生的镇上，在那里闲逛。我逼迫自己吸收生活的碎片。我在那里待了三四天，随后回了家。

自那以后，我隔三岔五就会做一样的事情。那是因为我在家时对什么都提不起劲。身处这样的陌生之地会让我感知到更多的东西。我喜欢这样。这让我更有活力。

所以你知道了吧，在这个早晨，我身处陌生的镇子，在这里我一个人也不认识，也没有人认识我。

就如同昨天早晨一样，我来到这里，进入酒店房间，那里有响声。一个男孩在大街上吹口哨。另一个男孩，在远处喊着"啊——吼。"

在我的窗户底下，大街上响彻着声音，陌生的声音。某个人，在这个小镇的某个地方，正拍着毯子。我听到火车到站的声音。阳光灿烂。

我或许会在镇上再待一天，又或许会去另一个镇子。没人知道我在哪里。我就如同你看到的那样，在生活中洗涤自己，当我洗够了，我就回家，感觉焕然一新。

# 山里人

　　我曾在弗吉尼亚西南的山里住过一段时间，北方人在我到北方时曾向我问起很多有关山里人的事儿。无论我何时去城里，他们都会问我。你知道那里的人就是这样。他们喜欢给一切东西贴上标签。

　　有钱人会这样，没钱的人也会这样，还有政客们、西海岸的人都这样。这就好像你画出一个人来然后说——"画好了。就是这个样。"

　　山里的男男女女都是那个样。他们都是普通人。他们都是穷苦的白人。这么说当然意味着他们既是白人，也是穷人。他们也是山里人。

　　在工厂进驻这里的乡村，进驻弗吉尼亚、田纳西和北卡罗来纳之后，许多山里人就携家带小进了工厂，并住进了附近的作坊小镇。[1] 曾有段时间，那里相安无事，随后就爆发了

---

1 原文为 mill town，指在工厂周边与工人生活配套的小镇，其中包括很多提供生活用品的作坊，故称为"作坊小镇"。

罢工。每个看报纸的人都知道这事儿。报纸上有很多有关山里人的文章，其中有些言辞还相当激烈。

但在那之前，那里曾留下过许多传奇故事。那类事落到谁头上都没什么好处。

我曾独自走在山里，随后走进一个叫"山谷"的村子。我迷了路。我在山里的小溪里钓鲑鱼，又累又饿。我随后走上了一条还算是路的路。"这里应该是可以盛产威士忌的村子。"我想。

我沿着山谷村的那条路来到了一个小镇上。这么说吧，现在，你实难把那里称为一个小镇。那里有六间或八间没有涂浆的毛坯房，而在一个十字路口则开着一家杂货店。

山岭在这些破败的屋子上头延绵。路的两边都是壮丽的山峰。身处那里，你就会明白为何那里会被称为"蓝色山脊"。那里都是蓝色的，一片壮丽的蓝色。在伐木工到达之前，那里该是多么美丽的一座村庄啊！在我住的地方附近，山里人总会谈起昔日的那片云杉林。许多人都在伐木营地里工作。他们会说起软绵绵的泥沼，人一踏上去，身子就几乎会陷到膝盖的位置；他们会说起树林的静谧，还有那些高大的树木。

现今，高大的树林已被砍掉，但小树还在生长。山村的大多数地方除了木材之外，其他什么也不长。

我那天站在商店的门前，店门关了，但有个老人坐在门前的小门廊里。他说店主兼职给人送信，现在出去送信了，但会在一两个小时之后回来开门。

我当时想着最少也得买些奶酪和咸饼干，要么就得买一罐沙丁鱼罐头。

坐在门廊里的那个人已经老了。他是一个面露凶相的老人。他长着灰色的头发和胡子，约莫有个七十岁的样子，但我看得出来，他是个身体硬朗的老人。

我问起该怎样才能翻山回到主路上，随后正打算起身回山谷村时，他叫住我说："你是那个在这里盖了一间房子的北方人吗？"

我学山区里人的口音不太行，我不擅长于此。

老人邀请我去他家吃饭。"你不介意吃点儿豆子吧？"他问。

我很饿，很乐意吃点儿豆子。那一刻我吃什么都行。他说他家里没有女人，他的老伴去世了。"来吧，"他说，"我会招待好你的。"

我们走上一条小径，翻过半座山，进入了另一个山谷，大约走了一英里。简直太令人惊讶了。这个人已经老了。他脸上和脖子上的皮肤就如同老去的人一样起了皱，双腿和身体很瘦，但他健步如飞，我跟得直喘气。

山上的白天闷热，空气凝重，没有一丝风。那个老人是那天我在镇上见到的唯一的活物。即便那里还有别人，也不会出现在我的视线之内。

老人的房子位于另一条小溪的边上。那一天下午，在和他吃完饭之后，我在那条小溪里钓了好几条肥美的鳟鱼。

但这不是一个钓鱼的故事。我们走进了他的房子。

房子又脏又小，看起来快要塌了。老人很邋遢。他的双手和起皱的脖子上都蒙着一层层的泥垢。我们进了屋，房子的一楼只有一个房间，他走到一个小火炉前。"火已经熄灭了，"他说，"你介意吃冷豆子吗？"

"不介意。"我说。这一刻我什么豆子都不想吃了，并希望我没上这里来。这个山里的老人身上有股邪气。显然，那些讲故事的人不可能从他身上挖掘出太多的故事。

除非他们施展的是南方的好客之道。他邀请我来了这里。我饿了。这里只有豆子。

他把一些豆子放在盘子里，然后将盘子放在我面前的桌子上。桌子是自制的，上面铺着一块红色的油布，现已破败不堪。油布上有好几个大洞。破洞的边缘挂着灰尘和油渍。他用衣袖擦了擦要装豆子的盘子。

不过，或许你没吃过用山里人的方法烹饪的山区产的豆子。豆子是这里的生活之本。离开了豆子，有些山里人就活不下去了。这些豆子若出自山区女人之手，加热之后，通常吃起来味道还不错。我不知道他们往里面加了什么，也不知道他们是怎么做的，但这些豆子是你在世上别的地方吃不到的。

就如同史密斯菲尔德牌的火腿一样，如果货真价实，那这种火腿就与其他火腿不一样。

但现在这些豆子是冷的，又脏兮兮的，还盛放在用袖口擦过的盘子里……

我坐在那里环视四周。房间里有一张脏兮兮的床，我们就坐在上面。还有一段通往楼上房间的楼梯。

有人在楼上走动。有人光着脚走下楼梯。房间里一度一点声音也没有，随后又有了响动。

你不妨勾勒这样一个画面：山峰间的一个地方，骄阳似火，空气凝滞。那是六月天。老人沉默起来。他正打量着我。或许他想要知道我是否会蔑视他的待客之道。我开始用肮脏的勺子吃豆子。我已经距离曾去过的任何地方好几英里远了。

随后又传来了那个声音。我记得那个老人曾对我说过，他的妻子已经死了，他独自一人住在这里。

我又是怎么知道楼上的那人是个女人的呢？我确实知道。

"楼上住着的是个女人吗？"我问他。他笑了起来，露出一副没有牙齿的邪恶笑容，仿佛在说："哦，你想知道是吗？"

随后，他又笑了一下，怪异地咯咯笑起来。

"她不是我的女人。"他说。

我们之后就一声不吭地坐着，随后就又传来了那个声音。我听到赤脚走过木地板的声音。

现在那双脚正从粗糙的楼梯上走下来。两条腿出现了，那是两条瘦弱的年轻姑娘的腿。

她看起来顶多十二或十三岁。

她往下走，在快要走到最后一级台阶时，停下脚步，坐了下来。

她是多么邋遢，多么瘦弱，表情又是多么狂野啊！我从未看到过面容比这更狂野的生物。她的双目明亮，就像野生动物的眼睛一样。

再者，看着她，还可以在她脸上看到某种东西。在很多山地人的面孔上，有一种难以解释的表情——这是一种有教养、贵族式的表情。我无法用别的词来形容它。

她就有这样的表情。

现在，那两人坐在那里，而我则打算吃豆子。我很想起身，把这碗肮脏的豆子丢出门。我或许可以说："谢谢你，我吃饱了。"但我不敢。

不过，他们并没有想豆子的事儿。老人开始说起那个女孩，她坐在距离他十英尺的地方，但他说起她来就仿佛她不在那儿似的。

"她不是我的女人，"他说，"她来这里借宿，她老爹死了，她也没有别的亲戚。"

我模仿他的语调模仿得很糟糕。

他咯咯笑起来，一个没有牙齿的老人在咯咯笑。"哈，她不会来吃豆子的。"

"她是个巫婆。"他说。

他伸出手来碰了碰我的手臂。"你知道吧，她是个巫婆。你无法满足她。她必须给自己找个男人。

"而且她也有个男人了。"

"她嫁人了吗？"我问，半遮着嘴小声说道，不想让她听到。

他为这个说法而笑了起来。"哈，嫁人，啊？"

他说有个来自山谷深处的小伙子。"他与我们一起住在这里。"老人一边说一边笑了起来，就在他这样说的时候，姑娘站起身来，朝楼上走了回去。她什么也没说，但用眼睛盯着我俩看，眼神里充满了憎恨。她走上楼后，那个老人一直在嘲笑她，发出那种古怪、响亮的老者的笑声。笑声已然成了咯咯笑。"哈，她不能吃东西。她吃不下去。她觉得我不知道原因。她是个巫婆。她要找到一个男人，现在她找到了。"

"现在她吃不下东西。"

那天下午，我在山谷的小溪里钓鱼，快到晚上时，钓到了鳟鱼，都是肥美的鱼。我钓了十四条，随后带着鱼翻过山，在天黑之前走上了大路。

我是怎么回到山谷村的已经不记得了。那个女孩的脸在我脑中挥之不去。

我在那里钓到了肥美的鳟鱼。至少那条小溪里的鱼还没有钓完。

我回来之后，在口袋里装了一张二十美元的纸币。"好了。"我想——我不记得我当时想了什么。当然，我脑中是有一些想法的。

那个女孩非常非常年轻。

"她或许是被那个老人关在那里的，"我想，"还有几个山里的莽汉帮忙。她有机会逃走。"

我觉得我可以给她二十美元。"如果她想逃出去，这样或许就有可能了。"我想。二十美元在山里可是一大笔钱。

我再度来到那里时又是炎热的一天，老人那天不在家。起先我觉得屋里没有人。这间屋子孤零零地立在一条靠近小溪且几乎难以辨认的路旁。这条小溪清澈见底，水流湍急。溪水发出叮咚声。

我站在溪水边的屋子前，试图想明白。

"如果我插手这件事……"

好吧，我直说了吧。我有点儿害怕。我觉得我就是个傻瓜，竟然还会回来。

随后，那个女孩突然走出了屋子，朝我走来。

毫无疑问就是她。她还是那个样子。当然，还没有嫁人。

至少，如果我把钱给她，就能给她买几件衣服。她身上这件衣服又破又脏。她光着腿，光着脚。等到孩子出生时就到冬天了。

有个人走出了屋子。他是一个高大的山里小伙子。他看起来五大三粗的。"就是他。"我想。但我什么也没说。

他脏兮兮的，头发乱蓬蓬的，就像那个老人和孩子一样。

不管怎样，她不怕我。"你好，你回来了。"她说，声音清澈。

我同样在她眼神中看到了憎恨。我问起了钓鱼的事儿。"鳟鱼咬钩了吗？"我问她。她朝我更靠近了一点儿，而那个小伙子已无精打采地走回屋里去了。

我又一次没能成功模仿她的山区口音。这个口音非常特别。尤其是那种语音。

她的语音又冷又清晰，充满了憎恨。

"我怎么知道？他（她用手指了指那个已走进屋去的没精打采的高大身影）太懒了，不会去钓鱼的。

"这世上什么事儿他都懒得碰。"

她瞥了我一眼。

"好吧，"我想，"我至少可以试着把钱给她。"我把钱拿在手里，朝她递了过去。"你得买点儿衣服，"我说，"收下，给自己买几件衣服吧。"

此举或许刺激到了她山里人的自尊。我是怎么知道的呢？她双眼中的恨意变浓了。

"去死吧你，"她说，"你给我滚，滚了就别再回来。"

她这么说时恶狠狠地盯着我。如果你之前从未见过如同我们这些作家所说的，像他们一样活在"生活边缘"的人（你有时或许会在城里的棚户区，偏僻而秀丽的山里见过这类人）——那我告诉你，那是孩子的双眼中流露出的一股非常古怪的成熟感……

那会让你浑身颤抖。这样一个孩子竟懂得这么多，但又懂得不够多。她向屋子走去，随后又转过身来对我说起话来。话题与钱有关。

她让我把钱放在某个地方，我不会说把钱放在哪里。最最现代的作家必须出言谨慎。

随后，她走进屋去了。就是这样。我走了。我要去干什么？毕竟，人得识时务。尽管鳟鱼肥美，但我再也没去那个山谷钓过。

# 感伤之旅

　　我朋友大卫和他妻子米尔德里德搬到了山里住。她是个纤弱的小个子女人。我以前常去他们租的小屋。尽管大卫是个学者，但他和一个叫乔的，比他年长许多岁的山里人成了朋友。一天晚上，在与大卫相会之后，我坐在他们的小屋里，他和我讲了这个故事。乔不在，米尔德里德在厨房里干活。

　　乔是瘦瘦的山里人，四十岁了，却像年轻小伙子一样身材瘦长且笔挺。大卫说起他第一次遇见这个人的事儿。他说："他当时吓到我了。那是去年秋天的一天，我们刚到这里，我正骑着一匹灰色的马在山里溜达。

　　"我有点儿紧张。你知道那是怎么个情况。我脑子里闪过传奇故事里山里人从树后或山腰处的密林里射杀陌生人的场景。突然，从一条几乎难以辨认、往山上延伸的古老伐木小路旁，他出现了。

　　"他骑着一匹步伐优雅的瘦弱枣红马，我欣赏这匹马的步伐，但畏惧骑手。

　　"这是一个长相多么凶狠的人啊！那些被联邦特工逮捕，

然后在偏僻的路上被像他这样的人杀害的故事突然变得真实起来。他的脸又长又瘦，脸上长着一只巨大的鼻子。他瘦削的脸颊已经几个礼拜没有刮过了。我记得，他戴着一顶宽檐的黑帽子，帽檐一直拉到双眼上方，那双眼睛冰冷，阴郁。那双眼睛盯着我看，就如头顶阴郁的天空般冰冷。

"从茂密的金褐色树林望下去，我看见一缕青烟正沿着刚刚乔出现的地方飘向天空。'他在那里有个蒸馏器。'我想。我感觉自己身处险境。

"乔骑马不声不响地经过了我。我的马一动不动地站在路上。我不敢把目光从那个人身上移开。'他会从我背后开枪。'我想。这是多么愚蠢的想法！我的双手在颤抖。'好吧。'我想。'你好。'乔说。

"他勒住枣红色马等我，于是我们就一起骑马沿着山腰下山。他对我感到好奇。我不知道他是否在树林子里放了一个蒸馏器，也没有问。他肯定就有这么一个蒸馏器。

"就这样，山里人乔就和我一起骑马来到了我的房子。（这是一座溪边的木屋。）米尔德里德在屋里做晚饭。我俩来到架在溪水上的小桥时，我朝这个一语不发和我一起骑马前行了半小时的人望去，他也在看我。'下马吧，'我说，'进屋吃点儿东西。'我们穿过桥，朝屋子走去。夜晚变冷了。在我们走进屋子之前，他用那双修长、瘦削的手轻轻地触碰了我的手臂。他示意我停下来，从衣服口袋里拿出一个瓶子来。我抿了一口，这新酿的酒烈得直烧我的喉咙。而我看到，乔喝了一大口，大概有半品脱[1]的样子。'这是新酿的，他会喝醉的，'我想，'他会在房子里大闹一番的。'我有点担心米尔德里德。她生病了。我们就是因为这个原因才搬到这里的乡下来的。

"我们坐在屋里的壁炉旁，朝开着的门望去。我们吃着东西，米尔德里德非常紧张，不断用惊恐的眼神打量着乔。门开着，乔朝他的山岭望去。天很快就黑了，山间刮起了一阵大风，但风没有刮进这片山谷。夜空飘满了黄色和红色的叶子。房间里弥漫着浓重的秋日气息，还有一股私酿的威士忌酒味。那是乔呼出的气味。

"他对我的打字机以及沿墙书架上放着的一排排的书感到好奇，但其实，是我们住在这样一间老旧木屋里的事实让他安心下来的。我们没什么架子。你知道，山里人粗鲁且不善言辞，但是乔却是一个善于交谈的人。他想要聊天。他说，他一直想来见见我们。有人对他说，我们来自遥远的地方，见识过海洋和异域风光。他自己总想去大千世界转转，但没

---

1　英制容积单位，1 品脱约合 568 毫升。

敢去。他也有怕的东西，这个想法似乎是荒唐的。我瞥了一眼米尔德里德，随后两人都笑了起来。我们放松下来了。

"此刻，乔对我们聊起他曾有一次想要走出山区，到外面看看。那一趟出行并不成功。他是个山里人，离不开大山，自山里长大，不会读写。他站起身来，随意用指尖触碰了架子上的一本书，又坐了下来。'天啊，'我想，'这个作者真幸运。'我刚刚读过他触碰过的这本书，与书脊上肆意吹捧的简介相比，这本书让我感到非常失望。

"他对我们说，他十六岁时结了婚，并隐约提起这事儿是有原因的。我想，这种情况会经常在山里人身上发生。尽管他现在还年轻，却已经是个十四个孩子的父亲了。他在山后某个地方有一小块地，大约有个二十亩的样子，他在地里种玉米。我想，大多数玉米都拿来酿造威士忌了。一个养着十四个孩子、种着二十亩土地的人，生活一定很艰难。我想，随着禁酒令的颁布，私酿酒的价格一路走高，这对他来说无疑是巨大的帮助。

"他与我们共度的第一个夜晚激起了他想到外面世界去的想法。他聊起了他曾经走出去的那趟旅程——就是他试图从山里逃出去的那次。

"那时他结婚后，有了六个孩子。突然间，他下定决心要走出山里，去广阔世界看看。他把妻子和五个孩子留在山里的屋子里，动身出发了——他把老大带在身边，那是六个孩子中的一个男孩。

"他说之所以这样做是因为他的玉米歉收了，还死了两头猪。这都是借口。他是真的想出去走走。他有一匹瘦弱的马，随后他让那个男孩坐在身后，随后就动身翻山越岭。我想，他之所以带着那个男孩是因为他担心身处广阔的世界里，若没有家人陪伴会很孤单。那是深秋时节，男孩没有鞋穿。

"他们翻过山岭，来到一片平原，随后又爬上另一座山岭，最终来到一个煤矿大镇，当时那里还开着工厂。那是一个大镇子。乔曾在矿上觅得了一份工作，收入还不错。那一年一定过得不错。他之前还从未赚过这么多钱。他仿佛在宣布什么天大的消息似的对我们说：他一天可以赚四美元。

"他生活的成本并不高。他和那个男孩睡在一个矿工小屋的地板上。屋子的主人大概是个意大利人。乔对别人说，与他住在一起的人是个'大利人'。

"这就是乔，一个山里人来到了广阔的世界，感到了害怕。晚上，屋子里很吵。乔和那个男孩习惯了山里的静谧。到了晚上，男人们聚在另一个房间里聊天。他们喝过酒后就开口唱歌。有时,他们还会吵架。在乔和他儿子眼中,这些人既陌生又恐怖,就像米尔德里德和我本人第一次见到山里人时的感受一样。晚上,他从矿上回来,从店里买了一些肉,随后就和那个男孩一起坐在板凳上吃。男孩的眼睛里流出了孤独的泪水。乔没有让他去上学。他的孩子都没上过学。他感到惭愧。他只想在这个矿镇里赚钱。他对外面世界的好奇心退散了。遥远的山区现在对他来说是多么美好啊!

"矿区镇上的街上人来人往。那里有一家大厂,周围立着阴森的高墙。厂里发出的噪声多么吵闹!整日整夜不消停。空气里弥漫着黑烟。乔和那个男孩躺在房子的地板上,身上盖着从山里带来的打补丁的棉被,屋子旁的铁轨上,运货的火车上下颠簸着。

"随后,冬天来临。积雪,结冰,随后又落雪。此刻在山里,雪一定积到十英尺厚了。乔渴望那片白茫茫的山区。他在矿上工作,但他说他不知道该怎么才能在周末领到钱。他羞涩,不敢向人打听。你得去某个办公室,那里的人已把他的名字登记在册。乔说他不知道办公室在哪里。

"最终,他找到了办公室。他赚了一大笔钱!他把钱抓在手里,随后来到矿工小屋,叫上那个男孩。他们来的时候把马留在了平原上的一个农场主那里,山势自那里起逐渐升高。

"他们那一晚在深深的积雪里跋涉，随后到了那里。天气彻骨寒冷。我问乔是否给那个男孩买了鞋子，他说'没有'。他说他动身朝山里进发时已经是晚上了，店门都已经关了。他寻思着钱已经足够买一头猪和一些玉米了。这样等他回到山里，就可以重新酿威士忌了。他和那个男孩一想到这个念头都快疯了。

　　"他把其中一条被子剪了，用它来包裹男孩的双脚。此刻，他坐在我们家，在黑暗降临之际，向我描述起了那趟旅程。

　　"这是一段极具戏剧性的讲述。约翰颇具讲故事的才华。他其实真的无需急着回去。他或许可以等到厚雪化了，路通了之后再走。"

　　"他只解释说，他没办法等下去，因为那个男孩因为孤独已经生病了。

　　"就这样，因为他还是个孩子时，乔就想看看外面的世界，而现在，他看到了，想要回到山里去。他说起了他和那个男孩在黑暗中厚厚的积雪里跋涉时感到的幸福。

　　"那里距他小屋里的女人还有八十英里的路。她怎样了呢？他家里没人会读书写字。她或许会离开林子。这很荒唐。这样的山里女人可以和男人一样砍树。

　　"乔说的故事充满了感伤。他是知道的。到了午夜，他和那个男孩到达了他们留下马匹的那个小屋，随后整夜都骑着马。当他们害怕会被冻僵时，就从马上下来，艰难地步行前进。乔说步行会让他们的身子热起来。

"他们就这样一路往家赶。偶尔他们会遇到生着火的山区小屋。

"乔说这趟旅程一共走了三天三夜，随后他迷了路，但他一点儿睡意也没有。但是，那个男孩和那匹马必须休息。他们来到一个地方，男孩就着火，睡在那间山里小屋的地板上，马在马厩里吃草歇息，乔和另一个山里人玩牌，从午夜一直玩到凌晨四点。他说他还赢了两美元。

"一路上，山里小屋的主人都很欢迎他，但他在其中一个小屋里遇到了麻烦。乔盯着米尔德里德和我看，笑着说起了那晚的事儿。那是在他迷路之后，他从山上下来，进入了一片山谷。屋子里的人是外来人。他们不是山里人。我想他们是害怕乔的，就好像我和米尔德里德曾经对他感到害怕一样，正因为那种害怕，他们想关上门，把他和那个男孩拒之门外。

"他站在屋外，在路上朝屋里喊话，一个男人从窗户里探出头来，让他赶紧走开。那个男孩快要冻僵了。乔大笑起来。当时是半夜两点。

"他把那个男孩夹在手臂下，就这么径直朝前门走去。随后他用肩膀撞门，一把将它推开。在一间巨大的前厅里有一个小壁炉，随后他穿过屋子，到后门取了点儿柴火。

"乔说，那个男人和他的妻子穿得就像城里人——也就是说，显然穿着睡衣，或许是睡袍——他们来到卧室门前，盯着他看。他就着火光，头上戴着一顶帽檐盖住整张脸的帽子——一张瘦长的脸，眼神冰冷——这副样子，你能想象得到。

"他在屋子里待了三个小时，给自己和那个男孩取了暖。他去了一个马厩，给马喂了料。那个屋子里的人再也没有现身过。他们看了一眼乔，随后就迅速回到卧室，将门关上并锁了起来。"

"乔很好奇。他说这是一个大房子。我想比我的房子大多了。他说，整间房子的内部就像一件造价不菲的家具。乔走进厨房，却不能碰食物。他说他推测这间屋子里的人的地位要比我们高。他说，他们位高权重，他不能去碰他们的食物。至于他们在那个乡下的房子里做什么，他就不知道了。他说，在林间山谷的某些地方，有些像我们这样很有格调的人现在都搬了过来。他说这些时，朝米尔德里德笑了笑。

"不管怎么说，乔说，那间大房子里的人吃的食物其实不比他在家时吃得好多少。他一直很好奇，于是走进厨房和食品储藏室看。我看了看米尔德里德。我很高兴他似乎很喜欢我们的食物。

"于是，在乔和那个男孩暖了身子、马匹喂饱之后，他们就离开了这间房子，他们发现那两个陌生人，或许也听说过或看过描述山里人具有危险性格的故事，正在锁上的房间里瑟瑟发抖。

"乔说，他们在第二天深夜回到了自己家，两人都快饿死了。雪已经越积越厚了。在下了一场大雪之后，天上又下起了雨夹雪，随后又下起了很多雪。他和那个男孩在走一些山路时，不得不走在马的前头开道。

"最终，他们回到了家，乔什么也没做，呼呼大睡了两天。他说那个男孩没事儿。他也在睡觉。乔试图向我们解释，他之所以会毅然决然地从矿村回到自己的山区，那是因为他担心他的妻子身处山里的小屋里，柴火会不够用，但他这么说时却笑了起来。

"'哼'，他说，羞怯地咧嘴笑起来，'房子里堆满了柴火。'"

# 一起陪审案件

他们在山里架起了一个蒸馏器。他们一共三个人，个个都是莽汉。

我的意思是说，他们都不是好糊弄的人——至少有两个不是。

首先，有个叫哈维·格里夫斯的人。老格里夫斯在三十年前来到这个山村，买下了山里的很多土地。

他当然没有钱，在土地上只付了一小笔钱。

随后，他立即开始私酿威士忌。随便什么东西，到有些人手中就能酿出纯美的威士忌，他就是有这样本事的人。他们可以从土豆、荞麦、黑麦、玉米或随便找到的东西里酿酒——可谓真正的行家里手。其中一个人被送进了监狱。他可以从给罪犯当早饭吃的西梅中酿出酒来——不管怎么说，他把这酒称为威士忌。老格里夫斯曾在山下的锯木厂里兜售他酿的酒。荆棘峰上在大肆砍伐。人们把木材运下山，送到一个叫木材谷的镇子上。

老格里夫斯把酒卖给伐木工，锯木厂的老板非常生气。

他把老格里夫斯叫进办公室，想跟他讲讲道理。

不过，倒是老汉格里夫斯对他说道起来。老板说要把格里夫斯供出来。他的意思是说，他要把联邦政府的人带上山，而老格里夫斯对老板说，如果联邦政府的人出现在他的山上，他就一把火把高高堆在木材谷锯木厂周围的木材都给烧了。

他这么说，就会这么做，锯木厂老板知道他是认真的。

老人说完就走了。他定居在山上，养了一大家子人。待在家里的都是男孩。这里的每个人都会说起格里夫斯家的女孩们，但是我从未听说过她们后来怎么样了。她们现在不在这里了。

哈维·格里夫斯曾是一个身材高大、瘦骨嶙峋的独眼龙。他在一场打斗中弄瞎了一只眼。他还是个孩子时就开始喝酒，并在山上四处作恶，随后在老父亲死于癌症、老母亲也去世之后，儿子们就把土地分的分，卖的卖，哈维得到了他那份钱，随后因赌博和酗酒，又把钱败光了。

哈维二十五岁时开始非法酿酒。贾尔·朗和乔治·斯默和他一起干的。他们合伙买下了那个蒸馏器。

现今，靠小型蒸馏器就可以私酿大约十四加仑的威士忌——这种酒被称为"一夜成"——一晚上就可以酿成。

你可以很快将酒卖出去。很多人会来买这种酒，然后再将它贩卖到东边的各个煤矿村。这酒可是生猛的东西。

和哈维一起入股的贾尔·朗是一个留着胡子的高个子男人。他壮得像头牛。人们可不敢惹他俩。他不喝酒时，看上去像是个非常和蔼的人，但要是喝了酒，就得小心了。他通常会带着一把长刀，还把好几个人砍成了重伤。他进过三次监狱。

另一个合伙的人是乔治·斯默。他以前常来我们家——他曾经在我们这里住过一段时间。他是个神色紧张的小个子年轻人，直到去年夏天为止，还在老巴克利的农场上干活。去年秋天的一天，我在通向巴克利农场的那条路的桥下坐着钓鱼时，乔治沿着这条路走了过来。

那一天他发生了什么事，我从未搞清楚过。

我一声不吭地在桥下坐着，他在路上一边走，一边用手做出奇怪的动作。他不断搓着双手，嘴唇不断动着。那条路在桥的尽头向右拐去，我在他离桥半英里的地方就看到他朝这里走来了。我当时在桥下，我可以看得到他，但他看不见我。他走近后，我听清了他在说什么。"哦，我的天啊，我可不能这么干。"他说。他不断重复着这句话。他之前已经和斯普林结了婚。他或许和他妻子闹了别扭。我记得她是一个小个子的红发女人。我曾看到他俩一起出现过。乔治当时还抱着他俩的孩子，我们停下来聊了一会儿。那个女人略微走开了一段距离。她害羞得就像一个山里女人。乔治给我看了看小孩——最多才两个礼拜大——孩子长着一张就像老人般皱皱巴巴的小脸。那张脸看上去要比爸爸和妈妈还要年长，不过，我停下来看孩子时，乔治充满了自豪。

我很想搞清楚，他究竟是怎么和哈维·格里夫斯以及贾尔·朗这样的人混在一起的，另外，我还想搞清楚的是，为什么他们会拉他入伙。

我一直认为乔治是一个乡下神经病——你在城里经常会看到这类人。在我看来，他一直与这些山里的人格格不入。

他或许是受到了贾尔·朗的影响。像贾尔这样的人会给别人造成心理恐吓。贾尔也会给他们造成精神上的恐吓。

卢瑟·福特和我说起过有关贾尔和乔治的一个故事。他说，一个冬天的晚上，贾尔去了乔治·斯默家——那是山上一间摇摇欲坠的小棚屋——把乔治叫了出来。两人一起去镇子上喝了个大醉。他们在大约半夜两点左右回了家，一起站在乔治家门口的路上。我已经和你说过乔治妻子的事儿了。卢瑟说，她那时生病了，并且又要生孩子了。一个邻居告诉卢瑟·福特说，这是一个古怪的行为，是在乡下会发生的那种让你毛骨悚然的事儿。

他说，那两个人站在屋前的路上，对着里面生病的女人咒骂。

紧张不安的小个子男人乔治·斯默在覆盖着雪的路上来回走着，不断咒骂他的妻子——贾尔·朗煽动了他的情绪。乔治大摇大摆地走着，就像一只小公鸡。这想必是一道风景，会让你看得略微感到不适。

今年早春时分，三人一起合了伙，开始酿私酒。

贾尔和哈维·格里夫斯之间发生过狗咬狗的事儿。他们一起买下了蒸馏器，每人各拿出了三分之一的钱，随后，一天晚上，在他俩酿了两次酒，并把酒卖出去后，哈维从另外两人手中偷走了蒸馏器。

贾尔当然要去问他把它要回来。

他和乔治·斯默也无法求助于任何法律——抑或是你能用来援引并制裁别人的任何法律。

贾尔花了一个礼拜的时间找到了哈维的藏身之处，蒸馏器正在工作着，随后他就去找了乔治。

他想抓住哈维，但也想得到蒸馏器。

他来到乔治·斯默的房子，大踏步进入。乔治当时坐在那里，当他看到贾尔时整个人吓得僵住了。他的妻子，在第二个孩子出生之后，变得更瘦了，还得了病，正躺在一张床上。山里的这些小木屋通常只有一个房间，他们烧饭、吃饭、睡觉都在那里面——通常是一大家子一起住。

当她看到贾尔时，乔治的妻子哭了起来，乔治很有可能也想哭。

贾尔坐在一张椅子上，从口袋里掏出一瓶酒来。乔治的妻子说他一直在喝酒。他给了乔治喝了一口，在递给他酒瓶子时，一直盯着他看，乔治被迫把酒瓶接了过去。

乔治喝了四五口烈酒，再也不朝贾尔或他妻子望去，他的妻子躺在床上，边呻吟边哭泣，贾尔一句话也不说。

随后，乔治突然跳了起来——他的双手不再做搓洗的动作了——并开始对他的妻子破口大骂起来。

"你给我闭嘴，该死的！"他喊道。

随后他做了一件古怪的事儿。小木屋里只有两张椅子，贾尔·朗一直坐在其中一张上，乔治坐在另一张上。贾尔起身后，乔治把两张椅子都拿了过去，一次拿一张，随后走到屋外，把它们对着小木屋的一角砸成了碎片。

贾尔·朗大笑起来。随后他让乔治把他的猎枪带上。

乔治去取猎枪。它就挂在房子里的一个钩子上，我想，子弹已经上了膛，随后两人一起走进了林子。

哈维·格里夫斯壮起了胆。他一定觉得贾尔·朗被他唬住了。这就是这些个莽汉的弱点。他们从不会认为别人和他们一样鲁莽。

哈维把蒸馏器架在一个快要坍塌的狭小的老房子里，房子就坐落在昔日他父亲的地里，就这么光天化日地酿酒。

他有两把枪，但从未有机会使用它们。

贾尔和乔治一定是匍匐在距离房子很近的高高的野草地里。

他俩朝房子靠近，乔治手上端着枪，随后哈维来到房门前。他或许会听到他俩的动静。在这些山里人当中，有些人自小就是违法之徒，耳朵和眼睛都很灵。

那一刻一定非常紧张。我和卢瑟·福特以及其他人谈起过这一刻。当然，我们都为乔治感到遗憾。

卢瑟有几分剧作家的味道，喜欢描述场景。当然，他所说的版本全都出自幻想。他说这个故事时，双膝跪在草地里，手上拿着一根棍子。他开始发抖，木棍的一头也跟着颤抖起来。他把远处的一棵树当成已死了的哈维·格里夫斯。他在用这种方式讲述那个场景时，我们所有人都站在边上，不过，卢瑟模仿的人物有些荒诞，略微喘不上气来，他大约持续了五秒钟，把棍子晃来晃去，显然完全陷入了无助和害怕的境地，随后他的身子突然看起来僵住了，定在了那里。

卢瑟的身材如果不长这样，或许会讲得更好——他身材修长，关节松松垮垮的，而他要在这出悲剧中扮演的乔治·斯默是个身材矮小，并且就如我说过的那样，还是一个神色紧张、走路相当不稳的人。

　　但是卢瑟尽他所能，用低沉的声音对我们其他几个站在那里观望的人说："此刻，贾尔·朗碰了碰我的肩膀。"

　　你能明白吧，他这样做是在展示两人已经在傍晚时分爬到了那座孤零零的山中小屋前了，乔治·斯默在前面爬着，手里握着沉重的上了膛的枪，其实他是被贾尔·朗推着向前爬的，而贾尔则跟在他脚后爬，卢瑟解释说，那个人简直太壮了，而到了最紧要的时刻，当他们面对哈维·格里夫斯时，我想，他们要么开枪，要么挨枪子，随后乔治怂了，贾尔·朗碰了碰乔治的肩膀。

　　根据卢瑟的想法，这次触碰，你明白吧，就是一个命令。

　　这个命令是在说："开枪！"随后，乔治的身体定住了，他开了枪。

　　他也射得很准。

　　房屋的门前横着一块铁皮。我并不知道它是干什么用的。或许这是被偷的蒸馏器的一部分。电光石火间，哈维·格里夫斯想要求生，他抓起铁皮，想要把它挡在身体前面。

子弹直接射穿了铁皮，随后穿过哈维·格鲁夫斯的脑袋，击穿了他脑后的一块木板。乔治·斯默从房子里把枪拿出来时，枪或许还没有上子弹。贾尔·朗或许已经给枪上了膛。

不管怎么说，哈维·格里夫斯死了。他死了，卢瑟说，就像一只死于洞中的老鼠——身体只向前倾斜了一下，扑腾了一下，就死了。一只死在洞里的老鼠是怎么扑腾的，那我就不知道了。

当然，在杀了人之后，贾尔和乔治就跑了，但在他们起身逃跑之前，贾尔把乔治·斯默手中的枪夺了过来，随后把它丢进了草丛里。

卢瑟说，这明摆着是要人知道是谁的枪杀了人。

他们跑了，当然，还躲了起来。

他们无需逃得特别匆忙。他们是在一个偏僻的地方杀了哈维·格里夫斯，人们要过好几天才能发现，但乔治·斯默那个生了病、又跟他一样紧张的妻子，在贾尔和乔治离开他们家之后，跑下山去了镇子里，随后在商店里像个小傻子似的扭着手哭着，对每一个人说她的丈夫和贾尔·朗要去杀人。

当然，这样一来事情就变得沸沸扬扬起来。

镇子上一定有人知道贾尔、乔治和哈维在一起，也知道他们在一起干什么。

第二天早上他们发现了尸体——枪杀大约发生在下午四点左右——并且他们在第二天下午就找到了乔治·斯默。

贾尔·朗和他待在一起，随后他厌倦了，丢下他听天由命。他们还没有找到贾尔。很多人认为再也找不到他了。"他太聪明了。"卢瑟·福特说。

他们找到乔治时，他正坐在山那边的一条路边。他说贾尔·朗拦下了一辆过路车，那是一辆福特车，并用一直放在口袋里的左轮手枪截下了司机。

他们甚至连开车的人都没找到。也许他是某个认识贾尔的人，由此感到害怕了。

不管怎么说，他们把乔治·斯默送进了县监狱，并且他告诉所有人是他杀了人，这么说时他就坐在那里，两双滑稽的小手握在一起摩搓着，一遍遍地说着："天啊，我可不能这样做。"就像那天他过桥时说的一样，那时他还没有惹上麻烦，而我当时正好在桥下钓鱼，看见了他，也听到了他说话。

等他受审判时，我觉得他们会处他绞刑，或施以电刑——无非是他们在这个国家施行的刑罚。

后来他妻子发起了高烧，并且，卢瑟说，她精神错乱了。

不过，卢瑟随后逮到谁就会把整件事绘声绘色地讲一遍，而他具有某种先知的气质，他说如果人们在县里召集一个陪审团来审判乔治·斯默，尽管证据对他不利，但他觉得陪审团也会视而不见，一致认定他是无罪的。

他说，不管怎么说，他本人和那些看他演绎了整件事，以及其他在这个县住的时间更久、自贾尔·朗、哈维·格里夫斯、乔治·斯默还是孩子时就认识他们，并且比我更了解他们仁的人，都会说同样的话。

这或许是真的。至于我自己——作为我本人，听说并目睹了所有这一切……

我该怎么想这件事儿呢？

当然，这就是由陪审团定夺的事儿了。

# 续弦之妻

　　他觉得自己必须对她说些特别的话——理解她——爱她——需要她。他觉得，或许她也需要他，要不她也不会花这么多时间和他在一起。确切地说，他没那么谦逊。

　　毕竟，他已经够谦逊的了。他非常确定有几个男人都爱着她，她一定与其中几个人试着交往过，这也不是没有可能。这些都是想象。他一看见她，脑子——他的思绪——就开始飞速运转起来。"现代女性，她这个阶层的人，酷爱奢侈，生性敏感，不会错过任何东西，尽管她们不会像我年轻时候那样，最终一头扎进婚姻里。"他想。对他而言，罪恶的念头或多或少已经从那样的事儿中被移除了。"如果你是一个有品位的现代女性，你所要做的事情就是动脑子。"他想。

　　他四十七岁，她比他年轻十岁。他妻子已经死了两年了。

　　在最后一个月里，她会一周两到三晚从乡下她妈妈住的地方来他的小屋。她原本可以邀他去山上那所房子——原本可以更经常地来邀请他——但她更愿意在他自己的小屋里见面。那个家庭，她的家庭，把所有事情都交给她来管。她和妈妈，还有两个妹妹——两人都已嫁人——住在乡下的房子里。她们都相处得不错。在他第一次来乡下的夏天就遇见了她们。他在半英里外的饭店吃了饭。晚餐很早就供应了。这样等到他回去时，如果她打算来他这边散步的话，他肯定已经在家了。

与她相处，在她妈妈家与别人相处，都很愉快，不过当然总有人会来。他觉得她的两个妹妹总会安排一些撮合他俩的事儿，以此来逗弄她。

这些都是纯粹的幻想，只是一个念头。她们为什么要关心他呢？

那年夏天，他被那个女人搅起的心绪够乱的了！他一直在想她，此外什么事儿都做不成。

好吧，他不得不来乡下是为了缓解心情的。他儿子去参加暑期班了。

"事情是这样的——我一个人过得好好的，为何会陷入其中呢？如果她，如果任何一个出自那样家庭的女人想要嫁人的话，那么，她很早前就该和更合适的男人结婚了。"她的妹妹对她非常体贴。当他和她待在一起时，两个妹妹对他都很温柔、恭敬，有时还会逗弄他们。

他的脑袋里一直萦绕着一些小思绪。他不得不来乡下是因为他内心深处的某些东西崩溃了。或许是因为他已经四十七岁了。像他这样的男人，自小就是一个穷小子，通过努力打拼，成了一个小有名气的医生——这么说吧，他是一个依旧活在梦中的人，他想要很多东西。

他四十七岁了，随时可能跌入深渊。

在工作和生活中，你连一半，乃至三分之一的东西都还没有得到，那么这样继续下去又有什么用呢？那些像年轻人一样还在拼命的老人，他们现在怎么样了呢？他们有一点孩子气，其实，不怎么成熟。

一个伟人说不定会那样继续下去，迎来苦涩的结局，走向坟墓的边缘，但是，任何有判断力，有头脑的人，谁又会想成为伟人呢？那个被称为"伟人"的概念或许只是人们脑中的妄念。谁会想活成一个妄念呢？

类似这样的思绪驱使他离开了城市——去放松一下。天知道若她不在那里的话，此举是否会是一个错误。在他遇见她，在她用女人不应有的习惯，在那个夏日的长夜来他的小屋见他之前，这片乡村，这片乡村里的寂静，曾令人感到不安。

"也许她来我这儿仅仅因为她感到无聊了。她是那种认识很多杰出男士，一直有很多有名的男士追她。不过，她为什么会来呢？我又不是个有趣的人。可以肯定的是，她不会觉得我是一个诙谐或有才华的人。"

她三十七岁了，穿衣上有点儿走极端，身材至少可以说是丰满的。生活似乎并没有让她安分多少。

他那间小屋坐落在小溪边，正对着一条路。她来他家之后，一屁股坐在门前的沙发上，点起了一支烟。她的脚踝非常可爱。说真的，这对脚踝非常好看。

门开着，他坐在桌旁的一张椅子上。他点起了煤油灯。小屋的门打开着。村里的人从门前走过。

"来这里放松一下的麻烦在于这个人想太多了。就一个医生来说——人们会来问诊，还有的人也会带着问题来找——其实并没有多少可以休息的时间。"

女人经常会来找他——结过婚的，没有结婚的都有。有一个女人——她已经结婚了——在他给她治疗了三年之后，曾给他写过一封长信。她和她丈夫搬去了加利福尼亚。"现在，我已经离你很远了，再也碰不到你了，我想对你表白，我爱你。"

这是多么疯狂的想法！

"三年来你对我悉心医治，让我与你交谈。我对你说起了我生活中所有私密的事情。你一直以来都很冷漠，也很明智。"

这是什么鬼话！他该怎么打断这个女人的倾诉呢？

信中还说了很多诸如此类的事。医生并不觉得他对待女性病人有什么特别明智的地方。他其实一直怕她。她所认为的冷漠其实是畏惧。

不过，他还是保留了这封信——保留了一段时间。他最终撕毁了这封信，因为他不想这封信出于偶然落入他妻子的手上。

一个人总希望自己对某人来说非常重要。

医生坐在小屋里，而那个新认识的女人则坐在他边上。她正在抽烟。那是一个周六的晚上。人们——男人，女人和孩子——正沿着乡间道路朝山里的小镇走去。过一会儿，女人和孩子就会独自回来。因为周六晚上，几乎所有山里的男人都会喝醉。

你是城里人，又因为这里的山绿油油的，山泉清澈见底，所以会觉得山里人总归还是质朴而可爱的。

此刻，走在路上的山里人都转过头来朝小屋里的女人和医生看。在前一个周六的晚上，午夜过后，医生被路上传来的一阵酒后交谈吵醒了。这些话让他听后愤怒地颤抖起来。他很想冲到路上，揍那些喝醉的乡下人，但他已经四十七岁了……而在路上的都是些壮实的年轻人。

其中有个人大声对其他人说，现在有个女人正坐在医生旁的沙发上——她其实是一个放荡的城里女人。他用了一个非常恶心的词，并向其他人保证，在夏天过去之前，他本人打算把她搞到手。

这纯粹是一段粗鲁的酒话。那人笑着说着，其他人也跟着笑了起来。这是一个醉鬼在找乐子。

如果和医生待在一起的女人知道了——如果他告诉她会怎样呢？她或许会一笑了之。

医生的脑中涌起了多少有关她的念头啊！他知道她从不会太在意别人的想法。他俩就像那样坐着，她抽着饭后烟，他在想事情，但只有几分钟。她在场时，他脑中的思绪飞快地舞动着。他以前没有这么多的思绪。他在镇子上时，每当爱上一个女人——说实在的——也经常会想很多事情，但都与女人无关。

他和妻子在一起时从来不会这样。妻子除了他俩第一次身体接触之外，就再也没有对他燃起过激情。在那之后，他就这么接受了她。"天底下有很多女人。而她是我的女人。她很好，做了她应该做的。"——他所持的态度大致就是这样。

她去世后，给他的生活留下了一个漏洞。

"或许这就是我的问题。"

"实话实说，现在这个女人是完全不同的类型。她的穿着，与人相处时的随和。这样的人，自一开始就很有钱，生活稳定——他们就这样一路走下去，对自己很自信，从不害怕。"

医生心想，他早年间经历的贫穷教会了他很多欣然接受的事情。但这段经历也教会了他别的不那么乐于接受的事情。

他和妻子一直都有点害怕别人——害怕别人的想法——对他所处的职业地位有想法。他娶了一个同样出自贫寒之家的女人。她在嫁给他之前是个护士。此刻在屋里和他待在一起的女人从沙发上站起身来，把烟蒂丢进了火炉里。"我们出去走走吧。"她说。

他们出门走在路上，离镇子和她母亲的房子越来越远，她母亲的房子就坐落在他的小屋和镇子之间的一个山头上，路上还有一个跟在他们身后的人，这人或许会觉得他很特别。

她的体型有些过于丰满了——她并不怎么高——而他长得很高，身形又相当瘦，因此走起路来轻盈洒脱。他手上拿着他的帽子。

他一头逐渐变白的茂密头发让他显得更加特别了。

那条路渐渐变得不平起来，他们紧挨着彼此。她想要对他说些什么。他也决定要和她说些什么——就是发生在今晚的事儿。是什么事儿来着？

这事儿就是那个待在加利福尼亚的女人在那封愚蠢的信里想要和他说的事儿——信其实确实写得不怎么样——他大意是想说，她——这个新遇见的女人——在他毫无防备，来这里放松时——企图远离自我——自我封闭起来——遇见了他，而他爱上了她。

如果她也有一丁点儿想和他在一起，那他就会对她表达心意。

这终究还是一个愚蠢之举。医生的脑海中冒出了更多的思绪。"我不能太热情。我待在乡下，远离工作——是来放松的——这都是愚蠢之举。我手头上的工作交给了另一个人。这些病例新人是无法理解的。"

"我死去的妻子——她从不指望什么。她曾是一个护士，自小在穷苦人家长大，一直不得不去工作，而这个新遇见的女人……"

医生原本想把心里的话说出来，但这些话现在说出来也荒唐。随后他想回到镇里去，重新开始工作。"我最好什么也不说，就这么打道回府算了。"

她打算对他说一些有关她自己的事儿。或许，这事儿与一个她认识，并爱上了的男人有关。

她曾有过很多恋人，这个想法他是从何处得知的呢？他只不过认为——这么说吧，这种类型的女人——一直不缺钱——肯定一直与聪明的人为伍。

她年轻时，曾想过要当一名画家，去纽约和巴黎学习过一段时间。

她和他说起了一个英国人——一个小说家。

这真邪门——她是怎么知道他的想法的？

她这是在责备他。他说了些什么呢？

她说起的这些人就像他本人一样，她说他们都是简单、率真的好人，这些人走在生活的前头，做好本分工作，从不要求太多。

这样说来，她和他一样起了妄念。

"这些人就和你一样，脑中的想法太多——都是些愚蠢的念头。"

现在，她又说起她自己的事儿了。

"我想当一个画家。我想成为艺术界所谓的大人物。你呢，作为一个医生，名声不大——我觉得你对什么是伟大的医生、伟大的外科医生、有过各种各样的想法。"

现在，她向他说起她遇到的事儿。她在巴黎遇到了一个英国小说家。他已经有了名声。他似乎被她迷住了，她当时感到无比兴奋。

小说家写过一篇爱情小说，她读了。小说只不过传达了一种特定的基调。她一直认为，她这一生最想要的就是用那种基调谈一次恋爱。她与那位写爱情小说的作家试了试，但没有发现那种基调。

路渐渐暗沉下来。山边长着月桂树和接骨木。他在半暗半明之中，隐约看到她的肩膀因难过而略微耸动了一下。

难道说，他幻想出的她的那些情人，那些个上层社会中杰出而又睿智的人，都像那个人一样？他突然获得了那天在路上说话的乡下醉汉的感受。他想挥拳去打人，尤其想去揍那个小说家———最好是英国小说家——或者一个画家，一个音乐家。

他从不认识那样的人。身边也没有多少像这样的人。他对自己笑了笑，心想："我当时就这么坐着，让那个乡下人就这么说着。"他的工作经常与那些富裕的商人、律师和制造商，以及他们的妻子和家人打交道。

此刻，他的身体颤抖起来。他们来到溪流上的小桥上，突然之间，他毫无预兆地用手搂住了她。

他一直想对她说些什么。是什么事儿来着？是有关他自己的事儿。"我不再年轻了。我能给你的东西不多了。我没有东西可以给像你这样认识成功人士，并且被睿智、杰出的人爱过的人。"

毫无疑问，他当时愚蠢地想要说出口的就是这些。现在，在漆黑的桥上，她被他搂着。空气中弥漫着浓浓的夏日气息。她的体型有些厚重——实实在在让他搂了个满怀。

显然，她想要让他把这些说给她听。说真的，他觉得她或许喜欢他，但与此同时还有点儿瞧不起他。

他吻了她。她也喜欢那样。她靠近，回吻了他。他靠在桥上。还好桥体能够提供一定的支撑。她的身体结实极了。他的第一任妻子，在三十岁之后，身材也很丰满，但这个新认识的女人更重。

随后，他们回到了路上。这是最神奇的一件事。有些事就这样默然达成了。他想要她嫁给他。

他是这样想的吗？他们沿路朝他的小屋走去，他怀着一种半懵懂、半开心的孩子气，第一次与一个女孩一起走在夜色中。

那些孩童时期、青年时期度过的夜晚的记忆迅速闪过脑海。

一个男人想要这么做会不会已为时过晚？一个像他这样

的人，一个医生，应该懂得更多的事情。他在黑暗中对自己笑了笑——既感到愚蠢，又感到害怕，还很开心。这种感受无法说清。

还是待在小屋里比较好。她来见他时，心里没有那种愚蠢的、传统的恐惧感，这是多么美好啊！她是个好人。与她一起坐在黑漆漆的小屋里，他意识到他们无论如何都是成熟的人——成熟到能够知道他们在做什么。

他们难道还不成熟吗？

他们回到小屋后，屋里黑洞洞的，随后他点起了煤油灯。一切迅速变得清晰起来。她又点了一支烟，并像之前那样坐着，看着他。她的眼睛是灰色的。一双灰色聪慧的眼睛。

她完全能感受到他的尴尬。这双眼睛在笑——一双老成的眼睛。这双眼睛在说："男人就是男人，女人就是女人。你永远也无法说清楚爱情什么时候会降临。你虽说是一个男人，尽管你认为自己是个喜欢实干、不会幻想的男人，但其实你多半还是一个男孩子。女人总比男人老成一点儿，这就是我了解你的原因。"

他顾不上她的眼睛在说什么。医生显得非常慌乱。他原本有一番话想说。也许从一开始他就知道，他已经被看穿了。

"哦，天啊，我现在一个字都说不出来。"

他吞吞吐吐地想着说说成为一个医生的妻子会是怎样的情况。他没有直接问，就以为她会嫁给他，这似乎有些鲁莽。这是他的假设，并没有什么实际的打算。一切都乱了套。

医生的妻子——嫁给像他这样的男人——在一般情况下——生活过得可能并不会那么愉快。当他刚开始行医时，他真的想过，有一天，他可能会获得伟大的成就，成为某类专家。

但现在……

她的眼睛一直在微笑。就好像他已乱成麻，她却丝毫没乱。"有些女人身上有某种确定的、坚定的东西。她们似乎一直知道她们要什么。"他想。

她想要的是他。

她说的话并不复杂。"别傻了，我等了这么久，就是在等你。"

就是这样。最终就是这样，非常——乃至极度地令人不安。他走过去，笨拙地吻了她。现在她有了一种从一开始就使他感到不安的气息，一种世故的气息。这也许只是她抽烟的方式——虽说毫无问题，但多少显得有点儿大胆的穿衣品位。

他的前妻似乎从未想过穿衣的问题。她对衣着一窍不通。

就这样，他又一次想要把她请出他的小屋。也许是她要求的。他的第一任妻子在嫁给他之前是个护士。或许当过护士的女人不应该嫁给医生。他们太尊敬医生了，他们被教导着要完全尊敬医生。他很确定，眼前这个人不太会尊重人。

就这样，医生想全情投入，一切都很好。他纵身一跃，似乎突然感到脚下踩着坚实的土地。这是多么容易啊！

他们沿路朝她母亲的房子走去。天很黑，他看不见她的眼睛。

他在想：

"她家里有四个女人。一个新的女人要来做我儿子的母亲了。"而她的母亲上了年纪，是个文静的老人，长着一双锐利的灰色眼睛。妹妹中有一个有点儿男孩子气。另一个——她是家里最漂亮的一个——会唱黑人的歌曲。

她们很有钱。想到这一点，他觉得自己的收入还算绰绰有余。

成为这群姐妹的兄长，成为她母亲的儿子，这很好。天啊！

他们到了她母亲家的门前，她让他再吻她一次。她的嘴唇令人温暖，她的呼吸芳香四溢。他站在那里，仍然觉得不好意思，这时她沿着一条小路向门口走去。门廊上有一盏灯。

毫无疑问，她体态丰满，体格结实。他之前的想法多么荒谬啊！

是时候回他的小屋去了。他觉得自己就是个傻里傻气的年轻人，愚蠢，胆怯，又高兴。

"哦，上帝，我给自己找了一个妻子，续弦之妻，新的妻子。"他一边在黑暗中走着，一边自言自语。他仍觉得自己是多么高兴、多么愚蠢、又多么害怕啊！过一阵子之后，他能平复下来吗？

# 一次南方的聚会

　　他那张敏感而稀薄的嘴唇边挂着绅士的微笑，向我说起了曾遭遇的一次厄运——一次撞机事故。他或许说的是另一个人。我喜欢他说话的语调，我也喜欢他这个人。

　　这事发生在新奥尔良，我曾在那里住过。他来的时候，他要找的那个人，也就是我朋友弗莱德，已经离开了，但是我迅速升起一种想要认识他一下的欲望，随后提议我们一起待一个晚上。我们从我的公寓走下楼时，我注意到他是一个跛子。他走路略微有一点儿瘸，脸上时不时会飘过痛苦的表情，他会故作愉悦地浅浅一笑，但似乎无法达到掩饰的目的，所有这一切立刻让我想起，我现在写下的这篇故事。

　　"我应该带他去见见萨莉姨妈。"我想。人们是不会随便带人去见萨莉姨妈的。但是，在她精神状况好，她想要见人的时候，她比谁都要热情。尽管在新奥尔良住了三十年，但萨莉姨妈却是一个土生土长的中西部人。

　　不过，就这么讲我这篇故事，太过唐突了。

　　首先，我必须说说我的这位客人，为方便起见我就叫他大卫吧。一见到他，我就立刻意识到他想要喝一杯，而新奥尔良——一座拉丁气氛浓厚，夜晚热闹非凡的可爱之城——尽管处在禁酒期，但喝酒这事儿还是可以想象的。我们喝了好几杯，我的头有些晕了，但我能看清，我们喝的这点儿酒对他毫无影响。夜幕降临，白日骤然消逝，黑夜迈着烟雾般的轻柔脚步迅速登场，这是这座亚热带城市的典型特征。就在那时，他从臀后的口袋里拿出一瓶酒来。瓶子很大，我吓了一跳。携带如此大的一个瓶子，却一点儿也看不出来，他是怎么做到的？他身材矮小，体格纤细。

"或许，就像袋鼠，他的身体已长出了某种可用来装东西的天然育儿袋。"我想。说真的，他走起路来会让人想到一只在宁静的夜晚出来散步的袋鼠。我继续在想达尔文和禁酒令带来的种种奇迹。"我们这些美国人真是神奇。"我想。我们俩都很幽默，很快就喜欢上了彼此。

他向我说起了这瓶酒。他说，这东西是在他父亲位于阿拉巴马某个种植园里工作的黑人酿的。我们坐在新奥尔良先前的法国区（Vieux Carré）深处某个空房子前的台阶上，他向我说起他父亲并不打算犯法——也就是说，在禁酒令下酿酒。"我们家的那个黑人只为我们酿酒，"他说，"我们留着他就是为了酿酒。他没别的事儿可做，只给我们家酿酒，就是

172

这样。如果他胆敢拿酒去卖，我们就会让他吃不了兜着走。我敢说，若是父亲逮住他干一些非法的把戏，他会开枪打死他的，当然了，吉姆，也就是我刚提到的我们家的那个黑人，他也明白这一点。"

"不过，他是个出色的酿酒师，你不觉得吗？"大卫补充说。他用一种热情友好的方式说起了吉姆。"天啊，他一直和我们待在一起，生下来就在我们家。他妻子给我们家做饭，吉姆给我们家酿酒。如果比较他俩的工作的话，我想吉姆会胜出的。他一直在进步，而我们家所有人——这么说吧，我觉得我们只爱威士忌，宁可不吃饭，也要喝威士忌。"

你了解新奥尔良吗？你是否在炎炎夏日、在冬日飘雨的日子、在壮丽的晚秋时节来这里住过？现今，那里的居民中一些更为激进的人开始嘲笑这座城市了。新奥尔良弥漫着一种耻辱感，因为这座城市并不如芝加哥或匹兹堡。

但是，这里很适合大卫和我。由于他的腿瘸了，所以我们走得很慢。我们穿过老镇的许多条街道，黑人女人在暮色中朝我们笑着，古老的建筑上人影攒动，孩子们尖叫着在老式的门廊里奔进跑出。这座古老的城市曾整体都是法国式的，现在却越来越意大利化了。不过，这里依旧拉丁气氛很浓。人们在屋外活动。家家户户都坐在可以看到全部街景的地方吃晚饭——所有的门窗都开着。一个男人在和他妻子用意大利语吵架。在一个老式建筑后的庭院里，一个黑人女孩在唱着一首法语歌。

我们从一条狭小的街道走出，在黑漆漆的教堂前喝了一杯，随后又在一个广场前喝了一杯。广场里立着杰克逊将军的雕像，他一直在向冬日里来这座城市观光的北方游客脱帽致敬。在他那匹马的脚下，刻着一排题词——"联邦必须而且将会得到保留"。我们庄严地敬了这句宣言，而这位将军的身子似乎鞠得更低了一点儿。"他肯定是个自负的人。"大卫这么说时，我们正朝码头走去，随后在黑暗中坐下，望着密西西比河。所有新奥尔良市的好市民一天会至少来看密西西比河两次。到了夜晚，这条河就像偷偷爬进卧室，探望熟睡的人一样——就是这种感觉——我的意思是说，它会给你一种温暖而和蔼的感觉。大卫是个诗人，所以我们在黑乎乎的河边说起了济慈和雪莱，所有有教养的南方人都爱这两位英国诗人。

你得明白，所有这一切都发生在我带他去见萨莉姨妈之前。

萨莉姨妈和我都是中西部人。我们只不过是来此地的外来人，但或许我们俩都以一种古怪的方式融入了这座城市。

诸如此类的事总会发生。但我不太知道它是如何发生的。

一路上，我们看到了许多北方的男人和女人，等他们回到北方之后，或许会写一点儿有关南方的东西。诀窍在于写黑人的故事。北方人就喜欢看黑人的故事。他们会觉得非常稀奇。在写黑人故事的作家当中，有一个最有名的作家最近来到了这里，而我认识的一个南方人，曾去拜访了他。这位作家看上去有些紧张。"我对南方或南方人不太熟悉，"作家说。"但你很有名气，"我那位朋友说，"你可是一个远近闻名，专写南方和黑人生活的作家啊。"

作家感到他正在被人嘲笑。"你听好了，"他说，"我从未标榜自己是个有学问的人。我可是个生意人。在北方，我的家乡，我大多都与生意人交往，我不做生意时就去乡村俱乐部。你得搞清楚，我可没把自己当成是个有学问的人。"

"我给了他们想要的东西。"他说。我的朋友说作家显然生气了。"你能想象那是什么吗？"他天真地问。

但是，我并没有在想那个写黑人故事的北方作家。我在想这位南方诗人。他双手紧紧握着那个瓶子，在黑暗中挨着我坐在面朝密西西比河的码头上。

他详细说起了他喝酒的才能。"我不是一直都有这种才能的。这是慢慢练出来的。"他说。有关他是如何偶然瘸腿的故事就这样慢慢带了出来。你记得吧，我的头已经有点儿晕了。在黑暗中，那条深不见底的湍急河流，流过新奥尔良市，慢慢爬进海湾。整条河就这么流过我们，随后悄无声息地汇入黑暗，就像一条会移动的宽阔人行道。

他第一次来见我时是个午后，我们一起出去散步时，我注意到他的一条腿得拖着走，他不停地把一只瘦弱的手放在同样瘦弱的臀部上。

他坐在河边时开始向我解释，语气就像一个男孩在说下山时绊到了脚趾一样。

世界大战爆发后，他去了英国，打算入伍当一名飞行员，他那股子劲儿，在我看来，非常像一个乡下人来城里待了一晚上，看了一出戏一样兴奋。

英国人非常乐意让他加入，人越多越好。

那时，任何人来他们都非常乐意接纳。他身材矮小，体格纤细，但他入伍之后，却成了顶级飞行员，整个战争期间一直在英军的一个飞行中队里服役，但最终遭遇了撞机事件，从天上掉了下来。

他的两条腿都断了，其中一条还摔成了三段，头皮严重脱落，脸上的一些骨头还裂成了碎片。

他们把他送进了一家战地医院，给他缝合了伤口。"如果事情搞砸了，那都是我的错，"他说，"你明白吧，那是一家战地医院，简直就是个地狱。人们被撕成了碎片，在那里呻吟着等死。随后，他们把我送回了基地医院，那里的情况也好不到哪里去。我隔壁床的那个家伙，为了避免再上战场，朝自己的脚上开了一枪。那里的许多人都这么干，但为什么他们会挑自己的脚下手，我就不知道了。这是个极难处理的部位，布满了细碎的骨头。如果你打算给自己来上一枪，可千万别选那样的地方。别挑你的脚下手。我告诉你，这可不是个好主意。

"不管怎么说，医院里的那个人总在制造混乱，我对他和那个地方都感到厌烦。我假装身体好转了，说我腿上的神经不怎么疼了。当然，这是我撒的谎。我腿上和脸部的神经就没不疼过。我寻思着，如果我说实话，他们就会一直让我待到把我治好为止。"

我懂了。难怪他这么会喝酒。我理解了这一点之后，就想继续和他喝酒，直到他厌倦了我，就像他曾对那个躺在位于法国基地医院隔壁床的家伙一样。

关键在于，除非他喝到微醺，否则就不会睡觉，睡不着觉。"我是个难对付的人。"他笑着说。

在我们去了萨莉姨妈家之后，他才把事儿详细说了出来。

萨莉姨妈在我们到达时已经上床睡觉了，但她在我们敲响门铃后还是起了床，随后我们就一起坐在屋后的小天井里。她是个大个子女人，长着粗壮的手臂，挺着个大肚子，她什么也没穿，只在一件单薄的、可笑的少女睡衣外面套了一件薄薄的花睡袍。那时，月亮已经升了起来，在屋外法国区的一条狭窄街道上，三个从船上下来的水手喝醉了酒，正坐在路边唱歌：

　　　　我达成所愿。

　　　　你达成所愿。

　　　　我们赶上了好时候。

　　　　都达成了所愿。


　　他们用非常动听的童音唱着，每唱一段，完成和声之后，都会由衷地笑起来。

　　萨莉姨妈家的庭院里种着宽叶蕉类植物，一棵楝树在砖块铺成的地板上投下了柔和的紫色影子。

　　萨莉姨妈也和我一样对他十分陌生。我们并排坐在庭院里的一张小桌子旁，她跑进屋子，拿出了一瓶威士忌。她似乎立刻就理解了他，不用多说就理解了。她认为这个小个子南方人一直处在痛苦的深渊里，而威士忌对他来说有好处，它会让它紧绷的神经松弛下来，得到片刻的安宁。

"喝上一口，一切都会很快过去的。"我想，萨莉姨妈会这么说。

我们在沉默中端坐了一会儿，大卫不再那么客气了，从萨莉姨妈的酒杯里倒了两杯酒。随后，他站起身来，在庭院的地板上来回走着，地砖上精美的影子组成了一个个的方格，他在其中穿来穿去。"这条腿真没什么。"他说，"有什么东西压到神经了，就这样。"我感到了一种自我满足感。我把他带到萨莉姨妈这儿，看来算是做对了。"我把他带到了一个母亲身边。"自打我认识她，她就总让我觉得像一个母亲。

现在，我得把她的情况稍微交代一下。这事儿不那么容易说清楚。在新奥尔良的街坊中都流传着有关她的传闻。

萨莉姨妈很早就来到了新奥尔良，这个镇子在完全开放的日子里曾是一块狂野之地。没人知道她来这里之前是干什么的，但不管怎么说，她在这里打造了一块地方。那是很久很久之前的事儿了，那时我还是个小伙子，住在俄亥俄。就如同我刚刚说的那样，萨莉姨妈是从中西部某个乡下来的。从某种模糊而微妙的角度来说，我认为如果她是从我家乡来的，那一定会让我备感荣幸。

她在此地经营的这个地方原先是法国区的一个老宅子，萨莉姨妈接手之后，就有了一种预感。她没有把此地进行现代化的改造，也没有把它切割成一个个小房间之类的，而是保持了原样，她把钱都花在了重建旧墙、修缮破旧的旋转楼梯、修补老房间里昏暗的天花板以及浅色的老旧壁炉架上。毕竟，我们似乎都有罪，有很多人都在忙着减轻罪孽。能看到有人走上了另一条路，这很好。要是萨莉姨妈把这个地方进行现代化改造，也就是说，就她当时所从事的买卖来说，可是大有好处的。几间老房间，宽阔的旧楼梯，嵌入墙壁的老式烤箱，如果说这些东西不能给在漆黑的夜晚偷偷溜进来的情侣们提供方便的话，他们至少还有别的事儿可做。她开设了一个赌钱喝酒的地方，但是人们看到女士有时候也会偷偷进来。"我当时急于成功。"萨莉姨妈有一次曾对我说。

　　她经营着这个地方，赚了钱，赚来的钱中有一半用在了这个地方。一堵原本已经坍塌的墙，现在修缮一新，立了起来，庭院里种上了一棵蕉类植物，楝树种下了，并在别人的照料下活得很好。墙上娇艳的蒙大拿玫瑰绚烂地开着。一团团芬芳的马缨花在墙角盛开。

　　当栽在院子正中央的楝树开始在阳光下生长时，整个街区都弥漫着春天的芬芳。

就这样过了十五年、二十年，密西西比河的赌徒和赛马人就坐在楼上大房间里靠窗的桌子上。毫无疑问，这栋房子曾经是某个富有的农场主——于四十年代的繁荣时期——在镇上买的房子。黄昏时分，女人也会偷溜进来。这里售卖酒水。莎莉姨妈从赌局中捞取小费，狠狠地捞了一笔。

　　到了晚上，从情侣那里也能捞到一大笔钱。不用多问，酒钱收入也不错。莫尔·弗兰德斯或许和莎莉姨妈住在一起过。他们多么般配啊！这棵楝树开始茁壮成长。马缨花绽放，到了秋天，蒙大拿玫瑰争相斗艳。

　　莎莉姨妈拿了她那份钱。她用这笔钱保养这座房子，也积攒下了一点儿钱。

　　她是一个慈母般的人，善良而又敏感的中西部女人，对吧？有一次，一个赛马人留给了她两万四千美元，随后就消失了。没人知道她有这笔钱。有报道说那个人已经死了。他曾在法国市场边的某个地方杀了一个赌徒，趁人们找他的时候，他溜进莎莉姨妈家，留下了赃物。一段时间后，人们在河里发现了一具浮在水面上的尸体，这具尸体后来确认就是那个赛马人。他是在纽约市的一次窃听行动中被捕的，六年都被关在北方的监狱里。

　　他出狱后，自然就溜去了新奥尔良。毫无疑问他并不安全。她收留了他。如果他敢声张，马上就会有一项谋杀罪名落在他头上，并会要了他的脑袋。他抵达时已经是晚上了，萨莉姨妈立刻走到厨房墙边的一个旧砖灶前，拿出一个袋子。"钱都在这里。"在那些日子里，整件事就是她的日常工作的一部分。

赌徒们坐在楼上房间的桌子旁，情侣们躲在老旧的庭院中芳香四溢的树下面。

等到了五十岁时，萨莉姨妈赚够了钱，随后就把钱全都花了出去。她不会在罪恶的道路上停留太久，也不会陷得太深，就像那个莫尔·弗兰德斯那样，所以她很好，过着舒坦的日子。"他们想赌博、喝酒、和女人们寻欢作乐。女士们也都很喜欢。我从没见过他们有一个人来抗议过。最糟糕的是早上他们走的时候。他们看起来既害羞又内疚。如果他们这么想，那又是什么驱使他们上这儿来的呢？如果我想要一个男人，我肯定是想得到他，而不是来这里胡闹或什么也不做。

"我对他们都有点儿厌倦了，这是事实。"萨莉姨妈笑了，"但那是在我得到我想要的东西之后。哦，呸，在我得到足够的钱，可以相安无事之后，他们占用我太多时间了。"

萨莉姨妈现在六十五岁了。如果你喜欢她，她也喜欢你，她就会让你和她一起坐在天井里，聊聊过去的时光，聊聊密西西比河的过去。或许——这么说吧，你看，新奥尔良依旧还在受法国人的影响，就是对生活抱有一种实事求是的态度——我刚刚想要说的是，如果你认识萨莉姨妈，而她也喜欢你，如果碰巧你的女伴也喜欢夜晚庭院里的花香——说真的，我可能说得有点儿夸张。我只是想说，六十五岁的萨莉姨妈并不苛刻。她是一个慈母般的人。

我们坐在花园里聊天，南方小诗人、萨莉姨妈和我——或者更确切地说，是他俩在聊天，我在倾听。这位南方人的曾祖父是英国人，是家里的小儿子，他来到这里当起了种植园主，并如愿以偿发了财。他和他的儿子们曾拥有几个大种植园，园里配备着黑奴，但现在他父亲只剩下一幢老房子附近的几百英亩地了——它就在阿拉巴马州的某个地方。土地被大量抵押出去，其中大部分已经多年没有耕种了。由于许多黑人都跑到芝加哥去了，诗人的父亲和家里的一个哥哥又不太会种地，黑人的劳动成本越来越高，干的活也越来越无法令人满意了。"我们不够强壮，也不知道该怎么种地。"诗人说。

这位南方人来新奥尔良是来探望弗雷德的。他想和弗雷德聊聊诗歌，但弗雷德不在镇子上。我只能和他一起散步，帮他喝他自制的威士忌。我已经喝了十几杯了。到了早上，我的头就会疼起来。

我听着大卫和萨莉姨妈说话，完全入了迷。这棵楝树已经长了这么多年了，她说起它来就像在说自己的女儿一样。"它年轻的时候患过很多不同的病，但它都挺过来了。"有人在天井的一侧筑了一堵高墙，这样攀缘植物就得不到足够的阳光。然而蕉树长得很好，现在楝树又大又壮，不用她多费心了。她不停地给大卫喝威士忌，大卫也说起了他的事儿。

他和她说起了腿上的伤，在那个地方有某种东西，或许是骨头，压在神经上，还说起他左边的屁股，在皮肤下面放了一个银托架。她用她那又胖又老的手指摸了摸那个地方。月光柔和地洒在院子的地板上。"我只能在户外睡觉。"大卫说。

他解释说，在父亲的种植园里，他整天都得烦恼自己晚上能否入睡。

"我上床睡觉，然后起床。楼下的桌子上总放着一瓶威士忌，我会喝上三四杯。然后就出门。"经常会有好事情发生。

"秋天是最好的时节，"他说，"你知道吧，那些黑人会做蜜糖。"

在那地方，每个黑人住的小屋后都有一小块地，那儿种着甘蔗，到了秋天，黑人们就在那儿酿酒。"我手里拿着酒瓶，走进地里，黑人们看不见我。我就这么带着瓶酒，喝很多，然后躺在地上。蚊子叮我几口，但我不太介意。我想我喝醉了就不会介意蚊子了。小痛为大的痛苦制造了一种节奏——就像诗歌一样。

"在一间棚子里，黑人们在酿酒，也就是说，把甘蔗里的汁液榨出来煮熟。他们一边工作一边唱歌。我想再过几年我们家就没有土地了。如果银行要收，现在就可以拿走。但它们不想要。我想，这对它们来说太麻烦了。

"到了秋天，黑人们在晚上榨甘蔗。我们家的黑人就靠酒和玉米粉过活。

"他们喜欢在晚上工作，我很高兴他们这么做。有一头老骡子绕着圈转，压榨机旁边有一堆榨干的干甘蔗。黑人来了，男人和女人，老老少少都会来。他们在棚子外面生起了火。老骡子一圈又一圈地转着。

"黑人们唱起歌。他们又笑又喊。有时年轻的黑人和他们的女人会在干甘蔗堆上做爱。我能听到发出的响动。

"我从大房子里出来，手里拿着酒瓶子，贴着地面向前爬，一直爬到甘蔗堆就在那里躺下。我有点儿醉了。这一切都让我很开心。我可以睡一会儿，就那样躺在地上，黑人们在唱歌，没人知道我在那里。

"我可以睡在这里，睡在这些砖头上。"大卫指着蕉树宽阔的叶子投下的阴影里最深且最宽的地方说。

他从椅子上站起来，一瘸一拐地走着，一条腿拖着另一条腿，穿过院子，躺在砖头上。

我和萨莉姨妈坐在那儿，面面相觑了好长时间，一句话也说不出来。过了一会儿，她用胖嘟嘟的手指做了个手势，于是我们就蹑手蹑脚进了屋子。"你从前门出去。你让他睡在那个地方好了。"她说。尽管她身材高大，年岁已高，但她走在院子的地板上时，却像只小猫一样轻手轻脚的。在她身边，我觉得自己又笨重又飘忽。

我们进屋后，她低声对我说，她有一些以前留下的香槟酒，就藏在老房子里的某个地方。她解释说："等他回家后，我要给他爸爸带一大瓶酒去。"

留他在那里喝得醉醺醺的，睡在院子的砖地上过夜，她似乎很高兴。"在过去的日子里，经常有一些好男人上我们这儿来。"她说。当我们从厨房进到屋里时，我回头看了看大卫，他此刻在墙角沉沉的阴影中睡着了。毫无疑问，他也很快乐，自从我把他带到萨莉姨妈面前，他就一直很快乐。他就这样躺在砖地上，躺在夜空下，躺在香蕉树的阴影里，就这么缩成一团，看上去是多么渺小！

我进了屋，走出前门，来到一条黑暗狭窄的街道上，心里想：好吧，毕竟，我是北方人。萨莉姨妈在这里待了这么久，可能已经完全变成南方人了。

我记得她一生中最得意的事是她曾经和约翰·L. 苏利文握过手，还认识了 P.T. 巴纳姆。

"我认识戴夫·吉尔斯。你说你不知道戴夫·吉尔斯是谁吗？他可是我们这座城市里最大的赌客之一。"

至于大卫和他的诗歌——是雪莱的风格。"如果我能写得像雪莱那样就好了，让我做什么都行。"那天傍晚我们一起散步时，他这样说。

我一边走一边思考，街上很黑，我偶尔笑一笑。我突然有了一个想法。它一直在我的脑海里舞动着，我觉得这想法很棒。这想法与贵族有关，与萨莉姨妈和大卫这样的人有关。"天哪，"我想，"也许我确实有点儿了解他们。我自己就是中西部人，看来我们也能孕育出我们的贵族。"我一直想着萨莉姨妈和我的家乡俄亥俄。

"我希望她就是从那里来的人，不过，我想我还是不要太仔细打听她的过去为好。"我对自己说，一边微笑着，一边向烟雾缭绕的夜色中走去。

# 人　潮

人潮拥进时，他正在做一件艰难的事儿。他是一名大学教授，正在写一本论价值的书。

已有许多人写过这个主题了，但现在他也想试试。

他说，他已经把能找到的论述该主题的书都看遍了。

他好几个月就端坐着一本接一本地看书。

此人在镇子边上有一幢房子，它就坐落在他教书的大学边上，但那一年他没去教书。这是他的学术休假年。他把一整年的时间都花在写书上。

"我想，"他说，"我或许可以去一趟欧洲。"他想找某个安静的地方，比如，诺曼底的某个小镇。他记得他曾去过类似的小镇。

那里一定非常安静，是个没人认识他的地方，没人会来打扰他。

他已经在小笔记本上写下了很多笔记，这些小本子整齐地堆在房间里的一张长工作台上。他是个思维敏锐的小个子，头已经快秃了，结过婚，但妻子已过世了。他告诉我说，这几年来，他都过得很孤独。

他已经独居了好几年，膝下无儿无女，家里有一个老管家，房子配有一个搭围墙的花园。

老管家并不在屋里睡，她一早就会来，到了晚上就回自己家住。

他说，几年以来什么事都没有发生。

他一直独居，却享受这份孤独。他不太擅长和人打交道。

我想，在那个夏天之前，他一定非常渴望见人。"我妻子在世的时候可是个快乐的人。"他说起他的孤独时这样说道。我是从他和其他人口中听说他妻子的——我不认识他妻子——感觉她似乎是个轻浮的女人。

她曾是一个无忧无虑的小女人，喜欢衣饰，一头金发总会随风飘荡。他们总在一起聊天，做诸如此类的事。他们彼此恩爱。我的这个朋友，这位学者，非常爱他的妻子。

随后，她去世了，他就变成了那样。他会在腋下夹着书匆匆穿过街道。在大学城附近你总能看到这样的人。他们穿街越巷，用冷漠的眼神打量别人。如果你和这样的人说话，他会漫不经心地回答你。"请别烦我。"他似乎会这样说，而与此同时，他会在心里咒骂自己，为什么对别人不能更友善些呢。

他告诉我说，妻子在世时，他就一直待在书房里，手不释卷地读书，记笔记，如同人们所说的那样，沉浸在思想之中，一直为那本论价值的书做准备，那将成为他的代表作。

她会走进书房来，用一只手臂搂住他的脖子，朝他俯身下去，亲吻他，并用另一只手捶打他的腹部。

他说她常常会把他拖出屋子，让他在草地上玩槌球或帮忙打理花园。他说，这座房子是用她的钱盖起来的。

他说她总叫他老家伙。

"过来，你这个老家伙，吻我，和我做爱，"她有时会这样和他说，"你虽然对我没那么好，但你依旧是我的全部。"

她会邀请别人来，各式各样的人。当屋里人满为患时，这位小个子学者会瞪大眼睛站在他们中间，一脸疑惑，于人声鼎沸之中试图把思绪聚集在有关价值的主题上，并回想起他独自一人时，偶尔会冒出来的那一丝丝缥缈的思绪……他觉得所有人对价值的看法，尤其是美国人，已经扭曲了，"被歪曲了。"他说，由此一来，当他独处时，当他的妻子和被她拽进屋子里的人不来打扰他的时候——有时，在不被人打扰的时候，他会片刻间生发出一种持续的想法，认为自己是客观的、不会受到影响的人——"我时不时就会这样想，"他说，"觉得我已经领悟到了什么。"

"有一种神圣的平衡力，"他说，"可以平衡一切价值。"

你对价值必然会有一种最原始的感觉，认为所有人都知道什么是价值，比如土地价值，金钱价值，财产价值。

随后，你会发现更多微妙的价值和感受。

你看到一幅画，比如说伦布朗的作品，它以五万美元的价格卖给了一个有钱人。

这笔钱足够养活十几户穷苦人家，为国家增添五六十个公民了。

假设，这些公民都是有价值的男女，对国家肯定是会有贡献的，比如生产者。

然后，你想，伦布朗的画就挂在某个有钱人家的墙上，而他会邀请人们来他家。他会站在画前。他会对这幅画夸夸其谈，就仿佛是他画的一样。

"为了得到这幅画，我真是费尽心机啊。"他会说。他或许会说起他是怎样得到这幅画的，如何与另一个有钱人竞价。

他说起这一点时就像在谈股票市场上如何通过巧妙的手段来控制某些行业一样。

同样的道理，这幅画，某种程度上为这个有钱人的生活增加了一种价值。

这幅画，被挂在墙上，无法通过挂在这里生产出任何实际的东西，它无法生产食物，无法生产衣服，无法生产物质世界里的一切。

他自己本质上也是物质世界中的一个人。他因物质而富有。

同样的道理……

我认识的这个人，这个学者，希望自己非常公正。不仅如此，他还想要真理。

他的思绪延展开去。他有时会略微想到一些什么，或者自认为自己想到了什么。他会把这些想法都记下来，准备写进书里。

他爱他的妻子，有时，他时常说他恨她。她过去常常笑他。"你那些过时的价值观。"他似乎已经琢磨这个主题好多年了。他过去会在哲学协会面前朗读自己的论文，随后他们就会把论文印在协会出的小册子上。没人看得懂这些论文，即便搞哲学的同事也看不懂，但他会大声朗诵给他妻子听。

"吻我，用力吻我，"她会说，"就现在，别磨蹭。"

他有时真想杀了她，但他又说他非常爱她。

她死了，剩下他孤身一人。他有时感到非常孤独。

缅怀他妻子的人时不时会来看他，但他对他们很冷淡。那是因为他沉浸在思绪中。他们和他说话，他只会漫不经心

地回一句类似"是的，就是这样。你说的或许是对的"这样
的话。

他说，他希望他们也能这样。

"谈论什么平衡有什么用？"他问道，"根本没有平衡。"

他根本无法解释休假那年夏天发生的事儿。他对生活自
有一套理论。我听他说起过。

"说真的，生活中的一切都是汹涌、泛滥而来。整座城
市里，数以万计，甚至数以百万计的人住在其中。"他说，
"这些人，在我看来都很无聊，他们都是傻子，他们庸俗而
粗鲁。"

"他们厌倦了生活，他们全都彼此憎恶。"

"不仅仅这些城市。整个国家有时都是这样。"

"除了这些，战争又该如何解释呢？"

"还有一些时候，周围的一切、整座城市、整个国家都变
得不一样了。他们都是没有信仰的人，然后突然间，在没有
任何原因的情况下，某个人突然理解了什么，他们就变得虔
诚起来。他们曾骄傲，现在变得谦卑，曾充满仇恨，然后突
然满怀爱意。"

"个体，试着坚持自我来对抗大众，却无法成功，终究溺
死在人潮里。"

"一生的思想和成果就这样被冲走了。"

"到处都会发生这些小小的悲剧。它们是悲剧还是仅仅是游戏？"

他，我的这位学者朋友，如我所说，一直在寻找有关价值这个主题中客观、微妙的平衡。

这些都将在孤独中化为文字。他的书，也就是将要成为他代表作的那本书，会是他一生的见证。

现在，妻子再也不会把别人拖进屋里来打扰他了。

妻子再也不会说："来呀，老东西，快吻我，就现在，我想要你吻我。

"拿着，我给你的时候你就得拿着。"

这类事情，当然会让他从思维的巅峰跌落下来，心跳加速。

自那以后，他挣扎了一段日子，试图让自己回到思绪中。

在他的脑海中，那年夏天，他独自一人待在屋子里，几乎要把那部作品写完了，快要达到思想的完美平衡了。

他说整个冬天、春天和夏初他都在用功，一整年都没人来看过他。

随后，他妻子的妹妹突然到访了。她甚至一整年都没给他写过信，随后给他来了封电报说要过来一趟。

她似乎要开车去某个地方，他不记得那个地方是哪里。

她带了个年轻女人来，那人是她的表妹。这个表妹，就像他妻子的妹妹一样，也是个轻浮的人。

随后，学者的弟弟来了。他是个极度自负的年轻生意人。他只来住了一两天，但是，他就像那位学者一样丧了偶。他被那两个年轻女人迷住了。

他的弟弟因为那两人而住了下来。而那两个女人也可能因为他弟弟一直住了下去。

他弟弟有一辆大车，于是把另外的男人也带进了房子。

突然间，那位学者的房子里就挤满了男人和女人。他们动不动就在屋里喝金酒。

屋里人潮涌动。学者的弟弟带来了一个留声机，还想装一台收音机。晚上人们就在屋里跳舞。

就连那个老管家也被卷了进去。她一直是个非常文静、古板、忧伤的老女人。那位学者说，那天以后，他整个下午都待在房间里，关着门努力写作，到了晚上，吵闹声还是溜了进来，那些粗俗的声音，他说，女人的笑声，男人的说话声。

他说，他觉得那两个来这里的女人之所以住下来是因为他弟弟——当然，他弟弟住下来也是因为她俩——这两个女人又在镇子上遇到了别的人。他们一起往房子里塞满了人。

不过，尽管有这些人在，他还是快要从从事的研究中获得一些什么了。

"我发誓我几乎就要得出一些什么来了。"

"得出什么？"

"哎呀，就是对价值的定义。你明白吧，我全书的核心必须有某种东西。"

"这是当然的。"

"我的意思是说，在我书里的某个地方，一切都得定义清楚。必须用简单的语词，才能让所有人看得懂。"

"当然。"

我永远也忘不了他告诉我这些时，眼神中透露出的那种迷惑而半带忧伤的神情。

他说，他们甚至会带着管家一起玩。"你能想得到吗？——连她也喝起了金酒。"

那天下午，屋里沸反盈天。

他一个人待在楼上的书房里。

他们带着这位忧伤而古板的老管家玩。他说，他弟弟做事非常高效。他们就着留声机的音乐跳舞。学者的弟弟，那个自大狂——他大概是个制造商——和管家一起跳舞——和那个古板而忧伤的老女人一起跳舞。

其他人也加入了跳舞的队伍。

留声机就那么一直放着音乐。

事情是这样，学者妻子的妹妹——我从学者那儿听来，又根据其他人对她的评价推测出，她是那位学者亡妻的一个微缩版，或者说就是一个翻版……

据说，她跑到楼上，冲进他的房间，一头金发飞舞着，她在大笑。

"我就要想出来了。"他说。

"什么？哦，你的定义。"

"对，就是那个我想了很多年的定义。我正打算把它写下来。它囊括了我想说的一切。"

然后她闯了进来。

我料想，他妻子的妹妹至少对这个男人是抱有一些爱意的，而他也承认，毕竟他不想让那个自吹自擂的自大弟弟得到她。

她冲了进来。

"来啊，老家伙。"她对他说。

他说她试图对她解释："我正在工作。"

他从桌旁站起来，试图和她讲道理。她把他的家都快占满了。

他试图告诉她他要干什么。他站在桌子旁，就是他现在坐着和我说起这一切的地方，企图向她解释一切。

他说起那一刻发生的事儿，让我觉得这位学者有些粗俗。

"什么事儿也没发生。"他说。

她就像他妻子曾经那样对他大笑起来，但她没有亲他。

她应该不会说："快亲我，老东西，我要你亲我。"

她只不过把他拽下了楼。他说他和她一起下了楼，他控制不住自己，当然，无法对她，对他妻子的妹妹动粗。

他随她下楼后，看到他那位古板而又忧伤的老管家就在那儿跳舞。

管家似乎根本不在乎他有没有看到。她完全放松下来。整座房子都放松下来了。

就这样，最终，我这位朋友，这位学者，也不再绷着了。

"我投入了人群之中，"他说，"还有什么办法？"

他有点儿害怕那样的场景，如果他不做些什么，他那位自负的弟弟或者别的像他弟弟这样的人，就会得到他妻子的妹妹。

他不想让那样的事情发生。所以那一晚，他与她独自待在一起，他向她求了婚。

他说，她叫他老东西。"她们家的人一定都这么叫人。"他说。当他这么说时，某样东西又回到了这位学者身上。

他被推入了人潮之中，他释然了。

他就在屋后的花园里，在槌球场边的一棵苹果树下向他妻子的妹妹求了婚，而她说……

他没有告诉我她说了什么。我想她会说："好的，老东西。"

"我要你亲我的时候你就得赶紧亲我。"她说。

至少，这样一来我的故事就获得了某种平衡。

不过，这位学者说，根本没有什么平衡。

"只有人潮，一波又一波的人潮。"他说。当他对我说起这一切时，有一点儿丧气。

不过，他似乎又很开心。

# 他们为何结婚

不断有人结婚。显然，人们心中永远存有希望。所有人都会嘲笑婚姻。除非有一些喜剧演员攻击婚姻制度——并引得人们大笑——否则你是不会去看演出的。在这样的时刻，观看已婚人士的面貌是件有趣的事儿。

不过，我打算说说威尔。威尔是个画家。我想告诉你们有一晚在威尔的公寓展开的一段对话。

每个已婚男女一定会时不时想，为什么偏偏会与他或她结婚。

"你结婚后就得和另一个人亲密生活在一起了。"威尔说。

"是的，就得这样。"他妻子海伦说。

"我有时对婚姻感到非常厌倦。"威尔说。

"难道我就不厌倦吗？"海伦说。

"我比你厌倦多了。"

"不，我觉得我才比你厌倦多了。"

"得了吧，天啊，我想知道你是怎么想的。"

"我曾在纽约待过，在那里读过书。"威尔说。他那一刻显然已经摆脱了那一小片波涛汹涌的婚姻之海，他和海伦一直在这片海里游泳——谈话式的游泳——正准备谈起这一切是怎么发生的。这种时刻总是那么有趣。

"这么说吧，"威尔说，"就如同我刚才所说，我当时在纽约，还是个年轻的单身汉。我去学校读书。随后我毕业找到了一份工作。这其实不能算是一份工作。我一周能赚三十美元。我做的是绘制广告的工作。于是我遇见了一个叫鲍勃的人。他当时一周能赚七十五美元。想想吧，海伦。为什么当时你没有选择鲍勃呢？"

"但是，威尔，亲爱的，你现在赚的可比他后来赚的多多了。"海伦说，"但不仅仅是钱的事儿。威尔可是一个非常会疼人、非常绅士的男人。你一眼就能看得出。"她从房间那头走过来，抓住了丈夫的手。

"一眼就能看出别人绅士，这事儿可说不准。"我说。

"我就能。"海伦笑着说。

那一刻的她确实非常可爱。她长着一双大大的灰眼睛，身材苗条，举止优雅。

威尔说，他遇见的那个叫鲍勃的人在费城附近有好几个亲戚。海伦说，他身材高大，双手白皙，是个看起来很忧郁的男人。

所以，他们，威尔和鲍勃就去费城度周末。威尔的家人都在堪萨斯。

在鲍勃亲戚家里——它位于费城郊区——有两个姑娘，她们是鲍勃的表姐妹。

威尔说这两个女孩人都很好，他这么说时，海伦露出了微笑。他说她俩的父亲是个做广告的。"他们热情地招待了我们。他让我们睡在一张大床上。"威尔开始讲他的故事。

"我们会在周六下午大约五点钟到那里。她们的父亲叫J.G. 斯默。他有一辆非常好看的车。

"他怀着一个老人想要看看两个年轻人如何追求他家两个姑娘的心情，在家等我俩上门。起初，他看你的眼神顶多像是在说'年轻真好啊'，等等。随后他会再看你一眼，这时的眼神仿佛在说'你来这里干什么，你这个厚颜无耻的年轻人'。

"在一个周六的晚上，吃完晚饭之后，我们上了车，或者说是和两个姑娘上了车。我和其中一个姑娘坐在后座。她叫辛西娅。

"她是一个身材高大、神情严肃、长着一双深色眼睛的女人。她让我有点儿不安。我也不知道为什么。"

威尔略微扯开了话题，说起了和这样一个女人在一起所感到的局促不安。"总有某种人会让你感到非常恼火。"我觉得作为一个画家来说，这么说不怎么优雅。"她们这种人会觉得，她们应该做好自己的事儿，给自己找个男人，但或许她们想得太多了。她们太注重自己了，她们会让你这么觉得。"

"当然，我们上了床。这似乎是意料之中的事儿。鲍勃和她姐妹坐在前座，也希望我们这样。现今，谁都会这么做，我很开心曾尝试过一次。我也希望能够自然一点儿——我指的是和那个女人。"

当威尔把这一切说给我听的时候，他正坐在纽约一间公寓的椅子上。我和他以及他的妻子一起吃晚饭。她正坐在他边上的椅子上。他说起另一个女人时，她略微朝他身边挪了挪。她说，是她，而不是那个叫辛西娅的女人嫁给了威尔，纯粹是出于偶然。她这么说，实难让人相信。

威尔说，他和辛西娅很难再往前一步。他说她真的很难"被触动"。前座的那个家伙，也就是他的朋友鲍勃，经常喜欢在开车时开玩笑。至于那两个女孩，鲍勃的那两个亲戚，他似乎更喜欢的不是辛西娅，而是另一个个子更小、皮肤更黑、也更有活力的叫格蕾丝的女孩。他会时不时停下车来，停在费城郊外某个乡间的路旁，就跟格蕾丝在那里相互调情。

这个叫格蕾丝的女孩聊起天来让人吃惊。威尔说，她会咒骂鲍勃，而当鲍勃变得太得意忘形时，她还会打他。有时，鲍勃会把车停好，然后和格蕾丝去散步。他们会离开好一会儿。威尔就在后座和辛西娅待在一起。他说，她的双手就像男人的手一样。"这是一双能干活的手。"他想。她比妹妹格蕾丝大，而且在城里有一份工作。

显然，她在做爱方面并不怎么在行。威尔认为格蕾丝和鲍勃不会回来了。他脑子里在想要对辛西娅说的话。有一天晚上，他们都去跳舞了。舞会是在靠近费城的饭店里举办的。

那里一定是个非常粗野的地方。威尔说，确实如此。但他这么说时，他妻子海伦笑了起来。"你们当时在那儿究竟搞些什么鬼名堂？"威尔突然转过头去盯着她看，仿佛第一次听到这个问题。"我当时正在追一个男人，后来也追到了，这人就是你。"她说。

她和一个年轻人去那里跳舞，年轻人和鲍勃的亲戚住在同一个郊区。海伦父亲是个医生。她就这样接过威尔的话题，讲起了自己。她解释说，当威尔和鲍勃带着格蕾丝和辛西娅去舞厅时，她一眼就看到了威尔。"这就是我的男人。"她在他们走进舞厅、被介绍给威尔之前就这样对自己说。他们很快一起跳了舞。

那一晚，舞会里一定有许多粗鲁的人。当威尔和海伦一起跳舞时，有个一脸凶相没教养的高个子一直对海伦动手动脚，威尔说。他接过话头对我说，随后突然想到了什么。"这么说吧，你看啊，海伦，"他转过头看着妻子说，"当时的情况与你无关吗？你是不是向那个没教养的男人抛媚眼了？是不是挑逗他来着？"

"当然。"她说。

她解释说，当一个像她这样的女人，准备发动攻势，打算出门找个男人的时候，最好能在场地里找个竞争对手。"你能找到什么就得用什么，不是吗？你可是个艺术家。你一直在谈论艺术。你应该懂的。"

当时差点儿吵起来。威尔带海伦去了他那张桌子，鲍勃在那儿与格蕾丝和辛西娅坐在一起。那个粗鲁的年轻人大摇大摆地走了过来——他当时有点儿喝多了——想邀请海伦跳一支舞。

海伦生气了。她看起来被吓到了，而威尔觉得是时候该他出马了，但他不是一个能平事儿的人。威尔是那种局势越危急就越无助的人。他就是这样，于是便颤抖起来，后背发疼。他想让自己更冷静和坚决一点儿，但他太懦弱了，很可能还喊了一声，此举让情形变得更糟了，变得一发不可收。后来是海伦把麻烦解决了。她已经有点儿可怜起威尔来。

"你当时做了什么？"我问，"我知道你已经生气了。"

"是的，"她说，"但是我控制住了。我起身和他跳了舞。我喜欢跳舞。他舞跳得不错。"

海伦就像格蕾丝和辛西娅一样，那一晚是开父亲的车来的。

他们离开那个粗野之地后，那个和她一起的年轻人和辛西娅一起坐在了另一辆车的后面，威尔则和她一起坐在车里。这让辛西娅不是很开心，但似乎辛西娅拿这也没什么办法。

他们就这样开始了。在这之后，威尔一直会和鲍勃去那里度周末，但是，鲍勃亲戚家的一切变得有些不同了。"他们不再那么热情，那么高兴了。"威尔说。海伦总会来拜访。随后，这两个年轻人就搬到费城一家宾馆去住了。鲍勃也对海伦有兴趣。他们没什么钱，就住在一家廉价宾馆里，海伦会过来看他俩。威尔说她会直接来宾馆里的卧室。当威尔回想当时，他用一种渴望的眼神看着海伦。"我猜你那会儿已经从我们当中选中一个人了。"很明显，他很爱他的妻子。

"我当时对鲍勃的感觉不那么确定。"海伦说。

在他们回纽约后，她给两个男人都写了信，而当他们周末到了费城，她就在那里等他们。她总能搞到她父亲的车。她会在周六后半夜回到她所住的郊区，随后周日一大早再回来。他们会在周六晚上一起去跳舞。

有一天，她父亲警觉起来生了气，就跟踪了她。他看见她去见了那两个男人，走进了他们在廉价酒店的房间。

她得做个了断。她在家中待腻了，所以决定嫁给其中一个。我想，她家中的气氛一定变得剑拔弩张了。她是家中唯一的孩子。她说她母亲一直在哭，而她父亲则勃然大怒。"我那段时间不得不对他们心肠硬一点儿。"她解释说。她很像要对吓坏了的病人动手术的一个医生。她对父母又哄又骗，不行就恐吓他们。最终，他父亲准备采取强硬手段，她下达了最后通牒。"我二十一岁了，"她说，"如果你们再干涉我，我就离家出走。"

"但是你要怎么活下去呢？"

"别傻了，父亲，女人从来不愁活不下去。"

她走到车库前，钻进了她父亲的车里，驾车去了费城。她在酒店的一个房间里仔细研究了那两个男人。她让威尔跟她上车。"上车。"她说。他们开车驶离了酒店。"我当时都不知道我们会去哪里。"威尔说。

他们就这么一路开着。威尔谈起了那一晚他的心情，他沉浸在爱河之中。

当我听到这则故事的时候，他依旧沉浸在爱河之中。"那是一个星光柔和的清朗之夜。"说起这些时，他握紧了妻子的手。

"我们结婚吧。"她那晚对威尔说。"什么时候结呢？"他问。她觉得最好他们马上就结婚。"但考虑到我的薪水，"威尔说，"我当时就在想薪水的问题。钱不够，是不是？"他可怜巴巴的薪水似乎并没有动摇她的决心。"我等不了了。"她当时就是这么说的。她说他们打算整夜就这么开着车，等第二天一早就结婚。

他们就这样结了婚。她的家人，那个医生和他的妻子，全都痛苦不堪。

威尔和他妻子第二天去见了他们。"他们是怎么对待你的呢？"我问。"对我很好。"威尔说。无论他们的女儿嫁给谁，医生和他的妻子都会高兴的。"你看，我已经安排好了，"海伦说，"我让他们进入了一种状态，在这种状态下，这场婚姻对他们来说就是一场救赎。"

# 兄弟之死

　　这里有两个差不多膝盖高的橡树桩，被横切得四四方方。它们成了两个孩子的好奇对象。两个孩子是看着这两棵树被砍的，但树倒的时候他们跑开了。他们没想到还会留两个树桩子在这里，之前甚至都没看到过它们。随后，泰德对他姐姐玛丽说起了这两个树桩子："我想知道它们会不会像男人的双腿一样，被外科医生砍掉后会流出血来。"他经常听打仗的故事。一天，有个人来到农场看望一个农场工人，这个工人参加了世界大战，断了一条手臂。他站在一个谷仓里和那人聊天。泰德说起这件事时，玛丽立刻把话抢了过去。她运气不够好，那个独臂男人来的时候没能在场，因此很嫉妒。"为什么不是一个女人或女孩的腿被砍掉呢？"她说。但泰德说这么想很蠢。"女人和女孩的腿或手是不会被砍掉的。"他说。"为什么不会？我就是想知道为什么不会？"玛丽不停地问。

　　如果树被砍的那天他们能继续留在那儿就好了。"我们或许就能去摸摸那被砍的地方了。"泰德说。他指的是树桩子。那里会不会是温温的？它们会不会流血？事后，他们确实去摸了树桩被砍的地方，但那天很冷，树桩是冷的。泰德执拗地认为只有男人的手和腿才会被砍掉，但是玛丽想到了车祸。"你不能只想着战争，还有车祸呢。"她宣布道，但泰德没有被说动。

他俩都是孩子，但某种东西让他们异常老成。玛丽十四岁，泰德十一，泰德长得不是很壮，所以他俩看起来差不多大。他俩都是弗吉尼亚州富农约翰·格雷家的孩子，就住在弗吉尼亚州西南部的蓝桥村。那里有一条叫"富裕谷"的宽阔山谷，谷中有一条公路和一条小河穿过，举目远眺，可以望见南北走向的高高山脉。泰德的心脏有病，某种机能障碍症的病，这是他八岁时得了严重的白喉病落下的。他身体很瘦，并不强壮，但很有活力。医生说他随时可能会死去，会突然跌倒就再也醒不过来。患病这一事实让他和姐姐玛丽特别亲近。这在她内心激起了一种强烈而又坚定的母性情怀。

他们全家、在山谷附近农场里干活的邻居们，就连学校里的孩子都觉得这两个孩子之间有点儿特别。"看他们一块儿走着，"人们说，"确实看起来还挺开心的，但他们又太严肃了。相比其他年轻人来说，他们太严肃了。不过在那种情况下，也能理解。"当然，所有人都知道泰德的事儿，这对玛丽也产生了影响。她才十四岁就既是一个孩子，又是一个成熟的女人了。她女人的一面总会不期而遇地突显出来。

她早就意识到弟弟泰德心里有某样东西。这是因为他就是这么一个人，长了这样一颗心脏，这颗心脏很可能随时会停止跳动，他就会这么死去，就像一棵小树一样被砍倒。格雷家的其他人，也就是家里大人们，母亲、父亲还有个现在十八岁的哥哥唐，他们都觉得有种东西落在这两个孩子身上，也就是说，他俩之间有某种古怪的东西，但这种感觉并不太确定。谁家的人也有可能会做出一些古怪的事儿来，有时候还会做出一些伤人的事儿。你得盯着他们。泰德和玛丽都发现了这一点。

哥哥唐十八岁了，差不多是一个成人了，他和父亲一样都是人们口中的"好男人，一个将来坚实可靠的好男人"。父亲年轻时从不酗酒，从不放浪形骸。在他父亲还是个小伙子的时候，富裕谷就不缺放荡的年轻人。其中有些人继承了许多大农场，随后又因赌博、喝酒、赛马、玩女人而把地都败光了。这差不多都快成了弗吉尼亚州的传统，但是约翰·格雷成了一个地主。格雷家的人都是地主。山谷上上下下都有格雷家的大牧场。

人人都说约翰·格雷是天生养牛的料。他了解那种肥壮的出口肉牛，知道怎样挑选并饲养它们来产肉。他知道如何以及在哪里能找到合适的牛犊，并把它们养在他的牧场里。那是一片长满蓝草的乡间。长大后的肉牛会直接从牧场赶到集市上。格雷家的农场总共占地超过一千二百英亩，大多数土地都长满了蓝草。

他父亲也是一个地主，狂热地爱着土地。他从养牛创业，起先只有一小块从他父亲那里继承来的土地。那块地大约有两百英亩，就挨着当年阿斯平沃尔家的一大块土地，自他创业之后，就从未停止过扩充土地。他一直在慢慢占据阿斯平沃尔家的土地，他们一家都是爱马之人，尤其喜欢快马。他们自认为是弗吉尼亚州的贵族，并且毫不谦逊地向人们说，他们家族历史悠久，有自己的传统，客人们听了总会觉得好笑。他们养快马，不断在快马上砸钱。约翰·格雷慢慢得到了那家人的土地，起先二十英亩，随后三十英亩，再然后五十英亩，直到最后他吃下了老阿斯平沃尔家的房子，并娶了他们家中不是最年轻、也不是长得最好看的一个姑娘为妻。到那时，阿斯平沃尔家的地产只剩下不到一百英亩了，不过，他还在继续，年复一年，一直精打细算，每一分钱都花在刀刃上，从不浪费，一寸一寸地扩充现在属于格雷家的地产。阿斯平沃尔家之前的那座房子是一间巨大的老式砖房，里面每个房间都带有壁炉，十分舒适。

人们搞不懂露易丝·阿斯平沃尔为什么会嫁给约翰·格雷。他们这么琢磨时都会露出微笑来。阿斯平沃尔家的姑娘都很有教养，上过大学，唯独露易丝没怎么读过书。她在婚后变得更漂亮了，突然之间简直成了一个美人。人们都知道，阿斯平沃尔一家天生敏感，真可以算是上层阶级的人，但这一家的男人守不住地，而格雷家的却守得住。弗吉尼亚各地的人都对约翰·格雷获得的成就叫好，并尊敬他。"他已经到达某个境界了，"人们说，"像马一样忠诚，又有牛的直觉，就是这样。"他把那双大手往牛的体侧一伸，就可以几乎精确到磅地说出重量，他也可以盯着一头小牛或牛犊子说："就是这头了。"随即就将它买下。牛就是牛，除了产肉之外，他不打算拿牛干别的事儿。

　　格雷家的长子唐显然命中注定就是格雷家的人，势必会像他父亲一样。他一直是弗吉尼亚 4H 乡村俱乐部里的明星，还在九十岁大的小孩时就拿下了选牛大赛的奖项。十二岁时，他就可以在没人帮助的情况下，独自完成所有的活儿，亩产的玉米要赛过全国的其他孩子。

　　至于玛丽·格雷，她就有些让人感到吃惊，甚至怪异了，她一个女孩子家却异常稳重，年纪轻轻就非常老成，又很懂得人情世故。哥哥唐的身体又高又壮，就跟他父亲一样。再然后就是小弟弟泰德了。通常情况下，就生命的一般进程来说，她这样的一个人——作为一个女性——理应把唐当成少女时期的爱慕对象，但她没有。出于某种原因，唐很难让她提起兴趣。他出门在外，老不在家，而弟弟泰德，这个家中最瘦弱的人，却成了她的一切。

再说回唐，他身体健硕，却十分文静，显然对自己非常笃定。父亲还是个年轻的养牛人时，起初只有两百英亩的土地，现在他有一万两千英亩了。唐·格雷该怎么创业呢？尽管他什么也不说，但他已经想明白了：他得创业了。他想要经营点儿什么，自己当老板。他父亲打算把他送去一所农业大学念书，但他不想去。"不，我在这里能学到更多的东西。"他说。

父亲和儿子之间表面相安无事，但私下里就有关怎么做事、怎么拿主意早就起了争论。不过，当儿子的总会妥协。

在一个大家庭里，大的团体里总会生出一个个小团体，他们心怀妒意，暗藏怨恨，格雷一家——玛丽和泰德之间，唐和他父亲之间，母亲和两个年幼的孩子之间，这两个年幼的孩子，一个是现已六岁的女孩，名叫格拉蒂斯，她很崇拜她的大哥唐，还有一个是两岁大的男孩哈里——秘而不宣地进行着无声的斗争。

至于玛丽和泰德，他俩都活在自己的世界里，但在他们的世界里却依旧存在争斗。关键是泰德长着一颗随时都可能停止跳动的心脏，总被别人小心呵护。只有玛丽懂得——这一点恰恰激怒了他，并伤害到了他。

"不，泰德，我不会那样做的。"

"泰德，你一定要小心。"

泰德有时会气得浑身发抖，脸色煞白。唐、父亲、母亲全都守护着他。他想做什么都不行，家里有两辆车，他哪辆车都不能学着去开。他不可以爬树掏鸟窝，不可以和玛丽一起奔跑。他待在农场里，自然会想要去驯服一匹小马，想要从最简单的事儿做起，给马套上马鞍，牵着马一起出去。他从农场工和乡村学校的小孩口中学会了说脏话。"真要命！该死！"他对玛丽说。只有玛丽懂他的感受，但她不会把这一切说出口，甚至对自己也不说。就是这些让她小小年纪就变得这么老成。这让她能撇开家人，在内心深处激起一种古怪的使命感。"他们不能这样。"她对自己说，"他们不能这样。"

"如果他还能活上几年，他们就不能毁了他所剩下的岁月。为什么他们会让他一次又一次、一天又一天地死去？"她心中的想法并没有那么清晰。她对其他人都抱有怨恨，她就像个士兵一样守卫在泰德周围。

这两个孩子离外界越来越远，沉浸在自己的世界里，只有一次，玛丽的那种感觉就要浮出水面了。那一次她和母亲待在一起。

那是初夏的一天，泰德和玛丽在雨中玩耍。他们当时正在房子的边廊里，雨水从屋檐上倾倒下来。边廊的一角汇聚起了一大股水流，泰德和玛丽冲进水流，随后回到边廊里，他们浑身湿透，湿湿的头发淌下一股股的水流。这样玩耍很愉悦，可以感受到衣服底下冷水流过身体，母亲走进门时，他们正尖叫着大笑。母亲看了一眼泰德，她的声音里充满了恐惧与焦虑："哦，泰德，你万万不能这样做，万万不能这么剧烈地跑动，不能爬树，不能骑马。心脏稍微跳快一点儿就会要了你的命。"当然，这又是老生常谈，泰德心里明白。他顿时脸色煞白，浑身颤抖起来。为什么其他人就不明白，对他说这种话只会更糟？那一天，他没有回应母亲，直接冲出了边廊，穿过雨水，朝谷仓跑去。他想躲在里面，谁也不想见。

玛丽懂得他的感受。

她突然间变得非常老成和愤怒。母亲和女儿相对而立，彼此打量着对方。这个女人快五十岁了，女儿才十四岁。家中的一切都颠倒了过来。玛丽觉察到了，觉得她必须做点儿什么。"你应该更用心一点儿，妈妈。"她一本正经地说，她的脸色也煞白起来，嘴唇颤抖着，"请你别再这么做了，永远别再这么做了。"

"你说什么，孩子？"母亲的声音中充满了恐惧，半带着怒气。

"你总让他想到那些。"玛丽说，她想哭，但她不能哭。

母亲明白了。两人之间一时间紧绷起来。随后玛丽也冒雨朝谷仓走去。母亲曾想扑向孩子，或者因为她的无礼而打她一顿。一个小女孩胆敢责难她的母亲。这件事隐藏了很多内情——即便泰德会死，会突然死去，就算不会像母亲说得那样，也会有突然死去的危险，这样的想法一遍又一遍出现在泰德心中。生命是有价值的。"生命里什么是值得的？难道死亡就是最可怕的事吗？"母亲转过身，默然走进屋里，玛丽则朝谷仓走去，随后在那里找到了泰德。他待在空荡荡的马厩里，瞪着双眼靠墙站着。泰德没有说什么。"就这样吧。"泰德后来说。"来吧，泰德。"玛丽说道。有必要做些什么，甚至可以做比在雨里玩耍更危险的事情。"我们把鞋子脱掉吧。"玛丽说。泰德日常甚至不被允许把鞋子脱掉。他们脱掉鞋子，把鞋子留在谷仓里，随后走进果园。果园下面有一条流向大河的小溪，现在那里想必已经泛滥了。他们走进小溪里，玛丽失足滑了一下，泰德伸手把她拉了起来。她随后开口说了。"我告诉妈妈了。"她神情严肃地说。

"什么？"泰德说，"天啊，我刚救了你一把，要不你就淹死了。"他补充道。

"当然，你救了我，"玛丽说，"我让她别管你。"她突然变得暴躁起来，"他们全都——全都别管你。"她说。

姐弟俩成了同盟。泰德是一个想法丰富的人，他能想出很多冒险的事来。或许母亲已经对父亲、哥哥唐说了这件事。家里人或许会重新考虑应该对这两个孩子放手，这个事实似乎会给这两个孩子的生活带来一些新空间。有些东西似乎朝他们打开了。每一天，总会重建起一个小小的内在世界，其中蕴藏着新的安全感。在这两个孩子看来——他们无法把感受诉诸语言——身处他们自己构建的世界里，感受到全新的安全感之后，他们就可以突然放眼外部世界了，他们会用一种全新的方式来看清这个也属于他们的世界。

这是一个需要思考、需要打量的世界，也是一个充满戏剧性的世界，在他们自己的世界之外，在一户人家里，在一座农舍里，人们之间充满了戏剧性……在农场上，小牛和刚满一岁的牛犊运到了，它们要在这里养肥，养大了的牛被送往集市，小马被抽打着去干活或套上马鞍，深冬时节，羔羊出生。人们的生活有时很艰难，对孩子来说这一点通常很难理解，但那天在雨中和母亲说了那番话之后，玛丽觉得她和泰德似乎建立起了一个全新的家庭。农场、农舍和谷仓里的一切变得越来越富饶。他们获得了一种全新的自由。两个孩子在傍晚下课后，会一起顺着乡间路朝农场走去。路上还有别的孩子，但他俩要么落在后面，要么走在前头。他们像打定了主意。

"我长大后要当一名护士。"玛丽说。她或许还隐约记得那位县城来的护士，泰德生病时，她曾来家中住过一段时间。泰德听后马上说，他长大后——他那时会比唐现在的年龄要小一些——会马上离开这里，到西部去……远远离开这里，他说。他想要成为一名牛仔、驯马牛仔或别的什么牛仔，如果不行的话，他觉得他可以当一名铁路工程师。铁路会穿过富饶谷，经过格雷家农场的一角。傍晚时分走在路上，他们有时还能看到火车，远远望去，烟雾滚滚而上。隐约还可以听到隆隆的声音，如果天气晴朗，还可以看到动力十足的活塞杆在上下飞舞。

那两个立在屋旁林地里的树桩是橡树留下的。两个孩子看过那些树。他们是在早秋的某一天被砍掉的。

格雷家的房子后面有一个门廊——这座房子以前是阿斯

平沃尔家的所在地——从这条门廊出发，可以走上一条通往石泉屋的道路。泉水从那里的地下流出来，随后汇聚成一小条细流沿着田野流动，随后再流过两个巨大的谷仓，经过草场汇入一条溪水——这条溪水在弗吉尼亚被称为"支流"，而那两棵树紧紧挨在一起，就种在泉屋和篱笆外。

那是两棵粗壮的树，根部扎在肥沃而湿润的土壤里，其中有一棵树的大枝条快垂到地面，这样一来，泰德和玛丽就可以靠它爬上树去，随后再依靠另一条枝条爬到另一棵树上。到了秋天，当屋子前后别的树开始落叶时，这两棵橡树依旧长着血红色的叶子。白日里万物灰蒙蒙的，这两棵树就像干掉的血块，待太阳出来后，它们就成了远山映衬下的两团火焰。风吹过时，低垂的叶片簌簌低语，仿佛两棵树在交谈。

约翰·格雷曾下定决心要亲手把这两棵树砍了。起初，这还不是一个明确的决定。"我想把它们砍掉。"他宣布说。

"但是为什么要砍掉呢？"他妻子问道。这两棵树对她意义重大。它们是她祖父种在那里的，她这么说时，心里就动了情感。"你看，在秋天，站在后屋的门廊里望去，它们在远山的映衬下多好看啊。"她说，这两棵树从很远的林地移来时就已经很粗壮了。她母亲经常说起这事儿。而那个男人，她的祖父，则对这两棵树有着特殊的情感。"阿斯平沃尔家的人没准儿会做这事儿，"约翰·格雷说，"这座房子的院子够大了，树也足够多。而这两棵树又不能给房子和院子遮阴。阿斯平沃尔家的人或许会费力去折腾这两棵树，把它们种在原来的草地上。"他突然下定决心，原本只下了一半的决心现在突然变得坚定起来。他或许已经听够了阿斯平沃尔家的事情和他们处事的方式。有关这两棵树的谈话是在桌边展开的，那是一个中午，玛丽和泰德全听到了。

对话起先在桌子旁展开，随后又在屋外的后院里继续。妻子跟着丈夫出去了。他总会突然悄无声息地离开餐桌，迅速起身，迈着沉重的步子走出去，走出去的时候"砰"一声关上门。"别这样，约翰。"妻子站在门廊上对丈夫喊道。那是一个寒冷的日子，但太阳已经出来了，那两棵树像巨大的篝火一样映照着远方灰色的田野和山丘。家里的大儿子，年轻的唐，由于身形和父亲很像，所以做起事儿来什么都和他父亲一样，他也和母亲一起走出了房子。他们身后跟着两个孩子，泰德和玛丽，起初唐没说什么，但是当父亲没有理会母亲的抗议、开始向谷仓走去时，他也说起了话来。他说的话显然是决定性的，使父亲更加坚定了自己的决定。

另外两个孩子——他们走到一边，站在一起观看、倾听着——之间存在着某种东西。那是属于他们孩子的世界。"别来烦我们，我们也不会来烦你们。"但这个决定相比砍树的决定来说，并没那么明确。关于那天下午在院子里发生的事，玛丽·格雷对此的很多想法都是很久以后才想到的，那时她已经长大成人了。而此刻，孤立的感觉突然加剧，在她和泰德以及其他人之间砌起了一堵墙。即使在那时，父亲的形象也有了变化，唐和母亲的形象同样有了新的变化。

在生活中，在人与人之间的所有关系中，都存在着某种东西，一种驱动破坏力的东西。那天，所有这些感觉都很模糊——她总是相信自己和泰德——但只是在很久以后，在泰德死后才想起来。这是她父亲从阿斯平沃尔家赢来的农场——因为他父亲更顽强、更精明。在家里不时说出的一些评价，慢慢就固定成了一种印象。父亲约翰·格雷是个成功人士。他获得了一切。他拥有一切。他是发号施令者，有权力照自己的旨意行事。这种权力向外辐射，不仅覆盖了其他人的生命、冲动、愿望和渴望——以及他可能没有，甚至还不理解的——还覆盖了远远不止这一切的东西。奇怪的是，这种权力也是决定生死的力量。玛丽·格雷当时有过这样的想法吗？她不可能有……还有她自己的特殊情况，她和即将死去的弟弟泰德之间的关系。

所有权赋予人们奇怪的权力和支配地位——父亲对孩子

的支配，男人和女人对土地、房屋、城里的工厂和田地的支配。"我会让人把果园里的树都砍了。那里结的苹果并不好。这种苹果根本不值钱。"

"可是，先生……你得知道……看……那里的树在山和天空的映衬下，多么好看啊。"

"胡说，多愁善感。"

一片混乱。

如果认为玛丽·格雷的父亲是一个没有感情的人，那就太荒谬了。他一生都在努力打拼，也许在年轻的时候，他过得无欲无求，从未深切渴望过什么。生活中总得有一个管理一切的人。财产意味着权力，也就是"做这个"或"做那个"的权力。如果你为一件事长期努力奋斗，那么这件事对你来说就会变得无比美好。

格雷家的父亲和大儿子之间有什么仇恨吗？"你也是有这种东西的人，权力的冲动，跟我一样。现在你还年轻，而我正在变老。"这句恭维话中夹杂着恐惧。如果你想保留权力，承认恐惧是不行的。

年轻的唐长得和父亲出奇得像。下巴和眼睛的线条一模一样。他俩都是壮汉。年轻人走起路来已和父亲一样，也会像父亲一样甩门、一样古怪，缺乏细腻的思想和感情——只会默默将事情搞定。当约翰·格雷和露易丝·阿斯平沃尔结婚时，已经是一个成熟的男人，并已走上了成功之路。这样的男人是不会在年轻时就草率结婚的。现在他快六十岁了，而他的儿子——和他一样，有着同样的力量。

他俩都热爱土地，热爱财产。"这是我的农场，我的房子，我的马、牛、羊。"不久以后，再过十年，最多十五年，父亲差不多就会去世。"看，我的手已经变松了，这一切都超出了我的掌控。"他，约翰·格雷可不是轻易就得到这么多财产的。这需要付出强大的耐心和毅力。除了他自己，没有人会知道。五年、十年、十五年的奋斗和积累，一块一块得到阿斯平沃尔的农场。"傻瓜！"他们喜欢把自己想象成贵族，把土地扔掉，一会儿是二十英亩，一会儿是三十英亩，一会儿是五十英亩。

养马连一英亩地也耕种不了。

他们也掠夺土地，事后从未归还过一寸，但也没有让土地变得更加肥沃，没有好好开发。这样的人会想："我是阿斯平沃尔家的人，是一位绅士，我不能在犁地时弄脏我的手。"

"不知道土地、财产、金钱——责任的意义的傻瓜。他们才是下等人。"

他娶了一个阿斯平沃尔家的女人为妻，结果证明，她是那一家人中长得最好、脑子最聪明的一个，最终也长成了他们家最漂亮的。

现在，他的儿子就站在母亲身边。他们俩都从门廊处走了过来。现在轮到他了，让他这样一个人来接管这些财产，来发号施令，无疑是自然且正确的事儿。

当然，其他孩子也有权力。如果你有这方面的能力（约翰·格雷认为他的儿子唐有这方面的能力），就有办法来管理。你可以买断其他人的权力，安排好一切。泰德——他可能到那时已经死了——玛丽，以及两个年幼的孩子。"如果你被迫去奋斗，对你来说会更好。"

所有这一切，以及父亲和儿子之间突然爆发斗争的那一刻所隐含的意义，后来慢慢转移到了那个还是孩子的女儿身上。这出戏是发生在种子被埋进土里的时候，还是之后庄稼拔地而起、绽放花苞的时候，抑或再晚一些，发生在果子成熟的时候？格雷家的人自有他们的能力——有耐心，懂得节约，能干，有魄力，沉得住气。为什么他们会在富饶谷里取代阿斯平沃尔一家呢？阿斯平沃尔家的血液也流淌在那两个孩子——玛丽和泰德——身上。

阿斯平沃尔家有一个男人——人称弗雷德叔叔，他是露易丝·格雷的弟弟——他有时会来农场。他是一个相貌出众的高个子老头，留着范戴克式的灰胡子和小胡须，衣着有些破旧，但总带着一种难以形容的上流阶层的神气。他来自一个县城，现在和一个商人的女儿住在一起，他是一个彬彬有礼的老人，在他妹妹的丈夫面前，他总会遁入一种奇怪的沉默之中。

秋日里的那天，儿子唐站在母亲旁边，两个孩子玛丽和泰德站在另一边。

"别这样，约翰。"露易丝·格雷又说了一遍。父亲本来已经向谷仓走去，这时停住了脚步。

"别说了，我还是会把树砍掉的。"

"不，你不能这样做。"唐突然说道。他的眼睛里有一种异常坚定的神情。这句话突然冒了出来——两个男人之间有种东西爆发了："我拥有……""我将拥有"。父亲转过身来，严厉地看着儿子，没有理他。

母亲继续恳求了一会儿。

"为什么，为什么？"

"它们遮住了大片阳光，草都不长了。"

"但是这里有这么多的草，这么多英亩的草。"

约翰·格雷在回答他妻子的话，现在又看了看儿子。

有一些没说出口的话在他脑中飞来飞去。

"我当家，这里我说了算。你说我不能做，这是什么意思？"

"哈！原来如此！你现在是当家，但很快我就会拥有这一切。"

"我会先看你下地狱。"

"你这个傻子！还早呢！还早呢！"

上述这番话，此刻一句也没说出口。后来女儿玛丽再也记不起来这两个人之间说过什么。唐突然下定了决心——也许是突然下定决心要站在母亲一边，也许是别的什么——年轻的唐心中生发出一种感情，那是一种源于他身上阿斯平沃尔家族血液里的感情——在那一刻，对树的爱取代了对草的爱——那种可以让牛长肥的草……

4H 俱乐部的获奖者，年轻的玉米种植冠军，能辨别肉牛，热爱土地，热爱财产。

"你不能那么做。"唐又说了一次。

"不能做什么？"

"不能砍那些树。"

父亲没有再说话，独自向谷仓走去。太阳仍灿烂地照耀着。外面刮着刺骨的寒风。在远山的映照下，两棵树就像两团篝火。

这是中午时分，有两个年轻的男人在农场干活，他们住在谷仓那边一间租来的小房子里。其中一个是长着兔唇的已婚男子，另一个是沉默寡言的英俊青年，他住在已婚男子家。他们刚吃完午饭，正往一个牲口棚走去。秋天收玉米的时间到了，他们要一起去远处的田里收玉米。

父亲去了谷仓，带着两人回来。他们带来了斧头和一把长长的横切锯。"我要你们把那两棵树砍了。"约翰·格雷已经下了某种盲目甚至愚蠢的决心。在那一刻，他的妻子——他孩子的母亲，任何一个孩子都不可能知道她经历过多少这样的时刻。她嫁给了约翰·格雷。他是她的男人。

"如果你真要这样做，父亲……"唐·格雷冷冷地说。

"照我说的做！砍掉那两棵树！"这话是说给两个工人听的。

兔唇的那个人笑了，他笑起来像驴叫。

"不要。"露易丝·格雷说，但这次她不是对她的丈夫说的。她走到儿子身边，把一只手放在他的胳膊上。

"不要。"

"不要和他作对，别惹我男人。"玛丽·格雷这样的孩子能理解吗？要想理解生活中发生的事还需要时间。生活是会慢慢向心灵展开的。玛丽和泰德站在一起，泰德的小脸紧张得发白。死亡近在咫尺。任何时刻，随时随地都可能降临。

"我已经历过一百次了，这就是我嫁的这个男人的成功之道——没有什么能阻止得了他。我嫁给了他，我和他生了孩子。"

"我们女人会选择屈服。"

"这是我的事，和你无关，唐，我的儿子。"

一个女人在紧紧抓住她在乎的东西——家庭，以及由她创造的一切。

儿子没有用她的想法看问题。他甩开母亲放在自己胳膊上的手。露易丝·格雷比她丈夫年轻，但是，如果说他现在快六十了，那么她也快五十了。在那一刻，她看起来非常娇弱。当时，她的神态中流露出……毕竟她的血液里有某种东西，这是因为她身上流淌着的是阿斯平沃尔家族的血吗？

此时此刻，还是一个孩子的玛丽也许已朦朦胧胧地理解了。她理解了女人和她们的男人之间的事儿。当时对她来说只有一个男人，那就是泰德。后来，她记起他在那一刻的样子，他那张年轻的脸上有一种异常严肃的老成。后来她想，他甚至有一种看不起父亲和哥哥的神情，仿佛在自言自语——他不可能真的这么说——他太年轻了："好吧，我们走着瞧。这两个算什么东西，我父亲和我哥哥，这两个蠢货，我自己活不长了，只要我还活着，我倒要看看能做些什么。"

哥哥唐走到他父亲站的地方。

"如果你打算这样做，父亲……"他又说了一遍。

"嗯？"

"我要离开这个农场，再也不回来了。"

"好吧。那就走吧。"

父亲开始指挥那两个砍树的人，每人各砍一棵树。那个兔唇的年轻人不停地笑，笑得像驴叫。"等一下。"父亲厉声说，声音突然停止了。儿子唐走了，漫无目的地朝谷仓走去。他走近其中一个牲口棚，停了下来。母亲此刻一脸苍白，小跑着进了屋子。

儿子折回来，朝屋子走去，从两个较小的孩子身边走过，看也不看他们一眼，但没有进去。父亲没有看他。他犹犹豫豫地沿着屋前的一条小路走着，穿过院子的门，随后进入一条大路。沿着这条路走了好几英里，随后穿过山谷，转弯，翻过一座山来到县城。

唐回到农场时，只有玛丽看到了他。父子间剑拔弩张了三四天。也许，母子俩一直在秘密联系着。房子里有一部电话。父亲整天待在田野里，当他在房子里时，总是沉默不语。

唐回来的那天，这对父子相遇时，玛丽正在一个谷仓里。这是一次奇怪的会面。

玛丽事后想起，这个当儿子的回来时非常羞涩。父亲从马厩里出来。他一直在把玉米扔给干活的马吃。父亲和儿子都没看见玛丽。谷仓里停着一辆车，她爬到驾驶座上，双手放在方向盘上，假装自己在开车。

"好吧。"父亲说。他感到获胜时是不会表露出来的。

"好吧，"儿子说，"我回来了。"

"是的，我看到了，"父亲说，"他们在收玉米。"他朝谷仓走去，然后停了下来。"这里马上就要交给你了，"他说，"那时你就可以做主了。"

他不再说什么，两个人都走了，父亲向远处的田野走去，儿子向房子走去。玛丽后来十分肯定，他俩以后再也没有说过任何话。

父亲这话是什么意思？

"当这里交给你时，你就可以做主了。"这对孩子来说太难理解了。她慢慢才理解。这句话意味着：

"你将接过指挥权，轮到你来发号施令了，这是必然的。"

"像我们这样的人，是不会玩弄这些精致的东西的。有些人注定要发号施令，有些人则必须服从。轮到你时，你可以让他们服从。"

"这其中包含一种死亡。"

"你体内的某些东西必须先死去，你才能拥有和控制它。"

很明显，死亡不止一种。对唐·格雷来说是一种，而对弟弟泰德来说，也许很快就会迎来另一种。

那天，玛丽跑出谷仓，急切地想跑到外面的阳光里看看。后来她有好长一段时间都没有想清楚到底发生了什么。然而，后来在她弟弟泰德去世之前，她和他经常讨论起那两棵树。他们在一个寒冷的日子里散步，把手指放在树桩上，但树桩很冷。泰德坚持认为，只有男人才会被砍断手脚，她对此表示抗议。

他们继续做着禁止做的事，但没有人提出抗议。一两年后，泰德死了，那天晚上他死在了自己的床上。

玛丽后来想，他活着的时候，总有一种奇怪的自由感，一种属于他的东西，使她与他在一起时感到非常美好且幸福。她最终认为，这是因为他必须以他要迎来的方式死去，他从来没有像他哥哥那样妥协——以确保获得财产、成功，以及他发号施令的时刻——也永远不会面临将落在他哥哥身上的那种更微妙、更可怕的死亡。